JN282506

大崎 梢　平山瑞穂　青井夏海
小路幸也　碧野 圭　近藤史恵

エール！ 1

実業之日本社

実業之日本社文庫

収録作品は、すべて書き下ろしです。

contents

◉漫画家
ウェイク・アップ　5
大崎 梢

◉通信講座講師
六畳ひと間のLA　55
平山瑞穂

◉プラネタリウム解説員
金環日食を見よう　115
青井夏海

◉ディスプレイデザイナー
イッツ・ア・スモール・ワールド　175
小路幸也

◉スポーツ・ライター
わずか四分間の輝き　217
碧野 圭

◉ツアー・コンダクター
終わった恋とジェット・ラグ　269
近藤史恵

編集後記　大矢博子　316

ウェイク・アップ

大崎 梢

大崎 梢（おおさき・こずえ）
東京都生まれ。2006年、書店を舞台にしたミステリー『配達あかずきん』でデビュー。同作は人気を博し、「成風堂書店事件メモ」シリーズに。『平台がおまちかね』『夏のくじら』『キミは知らない』ほか著書多数。近著『プリティが多すぎる』『クローバー・レイン』では、同じ出版社を舞台に物語を展開。

ああ、こういう場面。

体が揺れてしまうほど動揺しているのに、それとはまったく別のところで祐里子《ゆりこ》は奇妙な感慨にかられた。ひどくリアルに自分の描いたコマが脳裏をよぎる。わななく主人公。青ざめる主人公。唇を噛《か》み、拳を握りしめる主人公。

右手が自然にペンを握るかっこうになるのはもはや習性だ。自分なら、身を隠すのにうってつけの観葉植物をここに置くのにな。

現実の舞台には何もない。星川書店という総合出版社の八階だった。打ち合わせを終えて下りのエレベーターに乗ったものの、「今度また」の今度がいつなのか、聞きそこねて引き返した。勝手知ったる編集部をめざし、歩き出したところで、脇に伸びた廊下から話し声が聞こえた。トイレと給湯室があるあたりだ。つい、聞き耳を立ててしまった。

「また煮え切らない態度を取っちゃいましたよ。はっきり言った方が本人のためになると、わかっているんですけどね」

「そりゃあ、言いにくいだろう」

「さすがに絵が古い、うちでは使えないなんて。面と向かって言う勇気はありませんよ」

「気にするな。そのうちあきらめて来なくなる。よくあることだよ」

「そうですか？　ならいいんですけれど。ああ胃が痛い」

わざとらしく情けない声をあげるのは、さっきまで衝立《ついたて》で区切られた打ち合わせ席で、祐里子の向かいに座っていた担当編集者だ。田上《たがみ》という。まあまあと、慰めているのは彼より三つ、四つ年上の先輩編集者。見なくてもふたりの様子は手に取るようにわかる。なんなら今すぐ描いてみせようか。得意だ。

祐里子は体に力を入れ、なにひとつ物音を立てまいと慎重に後ずさり、壁から離れた。エレベーターホールに戻り、待つこと数分。到着した一台にうつむいたまま乗り込んだ。無事、ビルの外に出たときには、「ほーっ」と安堵《あんど》の息が漏れる。すぐさま耳にした言葉が追いかけてきた。

古い。そして、うちでは使えない。

なんてこったい。これがギャグ漫画だったなら、青ざめた主人公が紙切れのようにぺったんこになり、風に吹かれて飛んでいくだろう。見上げると五月の空は青く清らかで、祐里子の受けた衝撃などおかまいなしに輝いていた。

（それで今、どこにいるの？）

（うーんと、タカノ。身も心も疲れたから休憩しているところ）

（え？）

携帯のディスプレイに表示されたひと言に、祐里子は若干身を引いた。目の前にあるのは船みたいな横長の器に、はみ出さんばかりに飾り付けられた豪華なプリンアラモードだ。南国の陽気なお姉さんがウィンクしてるような華やかさにつられ注文したけれど、これ、いくらだったっけ。わからない。値段など見なかった。

たった今、心地よく喉を潤したバニラアイスの余韻を払拭し、「経済観念」という四文字熟語がよぎった。足りない足りないとしょっちゅう言われているのだ。

（タカノで、水だけ飲んでいるのよね？）

（へへ。もっちろーん）

かわいい絵文字をいっぱいくっつけてみたものの、ディスプレイ越しに舌打ちが聞こえてくるようだ。

出版社のビルを出てから、とてもまっすぐ帰る気にはなれず、ふらふらと新宿に寄り道し、明るいもの、にぎやかなものを求めて大型デパートにたどり着いた。ここまでは十分許される範囲だと思う。アクセサリー売場のキラキラに立ち止まり、洋服のフロアをぐるりと巡り、雑貨のセレクトショップで放心した。

声をかけてくる店員さんは誰もかれもがきれいにメイクを決め、ヘアスタイルも完璧で、いい匂いまでする。自分と同世代の柔和な笑みを見て、何度も何度も尋ねたくなった。

あなたは古くないですか。古いと人から言われたことはありませんか。私はたった今、叩《たた》きつけられてきたばかりなんですよ。まだ二十代なのに。二月が誕生日なので、二十七歳と三ヶ月。これを「年」と言いますか。

世間的にはたぶんおそらく、言わないはずだ。

(しっかりしてよ。疲れるたびに高い店でパフェやワッフルをもぐもぐしてたら、あっという間に貯金なんて底をつくよ。衝動買いはしてないよね？　アクセサリーとかへんてこな人形とか)

(してない。買ってない)

ピンクゴールドのリングはすんでのところで思い留まった。インテリア売場で、とってもかわいくるしい象のオブジェをみつけたけれど、七千円という値札を見て棚に戻した。あれ？　七万円だったっけ。

（忘れないでね。イクちゃんは今は無職なんだよ、無職。無収入）

（わかってる。すごく身に染みて、わかってる）

（そういう人が、ふらりと寄る店じゃないでしょう。休憩はドトールのアイスコーヒーにして。スタバもだめ）

え？　どうして。「タカノ・フルーツパーラー」がＮＧっぽいのは店内を見まわして、なるほどと思わなくもない。ホテルのラウンジがいけないというのは前にきつく言われた。けれどスタバは初耳だ。あそこの飲み物は千円だったっけ？

首を傾げつつ、聞き返す言葉は飲みこんだ。デパ地下の総菜も買って来ないようにと念を押され、メールのやりとりは途切れた。

やれやれと気を取り直し、祐里子はフォークを手に取った。メロンに突き刺して一口囓《かじ》ると品のいい甘さと共に香りがみずみずしく立ちのぼり、目の奥にやたら染みた。傷ついたときに美味《おい》しいものを食べるのも我慢するとしたら、人はどうやって哀しみや痛みをやり過ごしているのだろう。

ペンネームは「いくたゆり」という。半年前までは人気少女漫画誌「エリカ」に連載ページを持つ、売れっ子漫画家だった。

正しくはその頃すでに人気に翳《かげ》りがあったのかもしれないが、さして気に留めていなかった。「エリカ」で描き続けること、原稿料もコミックの印税もどんどん銀行口座に振り込まれること、担当編集者はもちろん、編集長をまじえた会食で、フレンチだろうが中華だろうがコース料理を定期的にふるまわれること、出版社主催の各種イベントに参加して毎年カレンダーを製作し、付録グッズへのイラストを依頼されることと、それらがいつまでも続いていくと思い込んでいた。

つゆほども疑わなかったとは言わない。さすがにそこまで物知らずじゃない。漫画家同士の噂《うわさ》話は自然と耳に入ってくるので、悲惨な状況があるのは聞いていた。誰それさんが連載打ち切りを言い渡され、話途中で突然の最終回だって。せっかく連載に漕《こ》ぎ着けたのに、雑誌そのものが休刊らしい。家賃が払えず編集者に借金した人がいるのよ。深夜バイトで食いつないでいるみたい。あの人今、成人漫画で稼いでいるわ。行方不明の人もいるよね。誰それさん、三十万円踏み倒されたって。

こわっ。まじ？　痛いよ。がくぶる。ありえねー。

みんなの嬌声《きょうせい》に混じって自分も失礼な物言いをしてしまったかもしれない。悪気はなかった。ほんとうに気の毒だと思っていた。でも、「明日は我が身」「気をつけようね」という会話にどれほど真面目にうなずいていたか。

星川書店はそこそこ大手で、漫画家を夢見たとき、投稿先に「エリカ」を選ぶのは自然な成り行きだった。まぎれもなく当時の愛読誌だ。見よう見まねで原稿を描き、中学の頃から編集部に送付し始め、高校二年の六月、新人漫画賞の佳作に選ばれた。その年の冬、季刊の別冊号で初めて掲載が叶《かな》った。

それが実質上のプロデビューとなる。アンケート結果は良好で二作目も別冊号に載り、本誌と呼ばれる月刊誌への道が拓《ひら》けた。

高校の卒業式はまさに新しい世界への門出となった。その頃の「エリカ」は五百七十ページ、厚さ三センチ。連載はギャグ漫画を抜かすと十二本。読み切りは三本。祐里子の作品はまず読み切りとして掲載され、読者の支持を集め連載枠を獲得した。以来九年間、別冊を合わせれば十年、レギュラーの座を守り続け、深夜枠ながらもアニメ化された作品もある。

デパートから帰宅し、部屋でごろごろしていると、同じ階に住む中原睦美《なかはらむつみ》が豆腐や挽肉《ひきにく》を持ってやってきた。祐里子の分まで麻婆《マーボー》豆腐をこしらえてくれるそうだ。キッチンに立ち、とんとんとネギを刻む音を響かせ、手早くスープまで作る。フライパンを温め、最初に入れたのは生姜《しょうが》だろうか、ニンニクだろうか。睦美の方が調味料の賞味期限も在庫も把握している。祐里子は邪魔にならないよう洗い物を手伝ったのちに、カウンターに皿や茶碗《ちゃわん》を並べた。

どんなときでも食卓に温かな料理が並ぶと気持ちがやわらぐものだ。手作りならばなおのこと。できたての麻婆豆腐を白いご飯と食べていると、向かいの席で睦美の箸が止まっていた。ご飯に異物でも混じっていたのかと案じたがそうでもないらしい。顔を曇らせ唇をぎゅっと結んでいる。

「むっちゃん？」

声をかけると上目遣いの視線がちらりと送られてきた。すぐに伏せられ、睦美は肩で息をつく。

「どうかした？」

「うん、まあ、その」

なんだろう。特別美人でもなければ不細工でもない彼女は、十人並みと評される顔立ちで、どこからどうとっても主人公の友だち、その他大勢タイプだ。人のことは言えない。祐里子自身、身長が高いことを抜かせば、これといって特徴のない平凡な容姿をしている。

睦美は305号室に住んでいるが、叔母夫婦の持ち家だそうだ。その叔母夫婦は海外赴任中のため、留守番と称して転がり込んでいる。廊下やエレベーターで顔を合わせ、挨拶をするうちに同じ年とわかり、近所の店や公園の話題など、ちょっとした立ち話をするようになった。あるとき、祐里子の口にした「アシさん」という言葉に首を傾げたので、漫画を描くために頼んでいるアシスタントだと説明した。

睦美はなるほどと、合点がいった顔でうなずいた。前々から、祐里子の部屋に来客が多いのを訝《いぶか》しんでいたらしい。手にしていた茶封筒から掲載誌が難なく知られた。出版社名と「エリカ」のロゴマークが印刷されていたのだ。本名は幾田《いくた》祐里子なのでペンネームもすぐばれた。

「昼間の件よ。出版社でそんなことを言われたなんて。今聞いてびっくり。さすがにひどすぎない？」

「ああ、古いって？」

メールには細かいことまで書かなかった。

「あの男が言ったんでしょ。眼鏡かけて生っちょろくて、いかにも気弱そうに見せかけて実は計算高い、うらおもて男」

「田上さんね、うん。むっちゃん昔から好きじゃないよね」

「うさん臭いもん」

派遣OLをしている睦美には、漫画家の日常がよっぽど面白かったらしく、これがネーム、これがスクリーントーン、これがベタ、これがバイク便と、つたない説明のひとつひとつに目を輝かせた。やがて手が空いているときには、あり合わせの材料で食事を作ってくれるようになり、出前や弁当に飽きていたのでとても助かった。中でもカロリーを抑えた夜食は人気の的だった。

連載が途切れ、アシスタントたちが現れなくなってからも付き合いは続いている。むしろ濃くなっているかもしれない。

「イクちゃんの絵、ぜんぜん悪くないと思うな。読みやすくて、ふつーにすごくうまいよ。前から不思議だったんだけど、イクちゃんより下手《へた》な絵が連載してるよね。どうして?」

「さあ。今どきの絵ってあるんじゃない？　これまでもよく言われていたんだ。私のは三坂先生や雪尾先生の影響を受けすぎているって。描き始めた頃にそういった先生方が絶頂期だったからね。たしかにあると思う。まねしてよく描いてた」

「まねしたってふつうは似ないけど」

「ずっと憧れてたの。こういうふうに描きたい、描ければ最高って。その感覚も古いと否定されたみたいでよけいにショックよ」

　祐里子の話を聞き、睦美はさらに眉をひそめた。

「三坂さんや雪尾さんなら私も読んでた。でも、言われてみればちょっと似てるかな、くらいのレベルじゃない？　イクちゃんの絵はちがうよ」

　不思議なものだ。小学校の頃はそっくりと言われるのが勲章だった。今はちがうと言われてほっとする。個性がなくてはならないと教えられたのは中学生の頃だ。

「その先生たちって今、どうしているの？　三坂さんも『エリカ』で見なくなっちゃったよね」

「『エリカ・ジュエル』っていう隔月刊誌で連載している。雪尾先生はいっとき体調を崩されて、それからはあまり見かけない」

「イクちゃんもその、『ジュエル』ってどうなの？」

「あそこも競争率が激しいって聞いた。ページ数そのものもずいぶん減っちゃったし」

　少ない枠をめぐって椅子取りゲームが繰り広げられ、あぶれた漫画家は数多くいる。いずこも同じだ。

　漫画家は小説家とちがい、原稿がそのまま本になる「書き下ろし」というスタイルがほとんどない。連載した後、コミック化されるのが定番だ。つまり連載枠を失えば、雑誌掲載の原稿料もコミックの印税も入らなくなる。既刊本の重版が頼みの綱になるが、書店の棚に置かれなくなるのはすぐだ。古本屋で売られた分はなんの足しにもならない。文庫版として新たに出版される道はあるけれど、すべての作品ではないし、叶ったとしても数年先だ。

あっという間に収入がなくなり、そこから先は生活のために貯金を切り崩し、底をついたら……どうするんだろう。

「とにかく食べようね。冷めちゃうよ。それともタカノのパフェでお腹いっぱい？」

「ううん。いただきます」

祐里子は気を取り直し、残りの麻婆豆腐をたいらげスープも飲みきった。カウンターキッチンにくっつけたテーブルで睦美とふたりきりの夕食をとり、ふと目を向けると自室のリビングはカラフルな雑貨で飾り立てられてなお、寒々しくがらんとしていた。まるで今の自分のようだ。

多いときはここにアシスタントが四人、常連も新顔も入れ替わり立ち替わりやってきた。そして背景や小道具や洋服にどんどんペンが入り、月刊漫画誌の連載をこなしていた。今でもすぐに仕事ができるよう、机もイスもトレース台もＦＡＸ機も動かしていない。リビング以外には二部屋あり、ひとつには二段ベッドとシングルベッドが置いてある。自分の分まで含めれば、合わせて四台、ひとり暮らしにもかかわらずベッドが用意されている。修羅場と呼ばれる入校前の数日間は夜通しの作業になるので、手の空いた人から仮眠を取るためだ。

すべてが嘘《うそ》のように静まりかえっていた。書き文字で背景に「しーん」と入れたい。壁にかけられたカレンダーは三ヶ月前で止まったきり。

半年前までやっていた連載はけっして打ち切りではなかった。そろそろこれは閉じて、また新しいのをやりましょうと担当に言われ、額面通りに受け取った。最終回の原稿をあげてから、いくつか温めていた案を提出し、その中から決まるか、担当から新たなネタを出されるか。打ち合わせを重ねネームをこしらえ、連載開始のタイミングを聞かされ、綿密にスケジュールを組んでいく。

これまでの手順を、これまで通り踏むつもりだった。それでいいと思っていた。

「ほんとうに、どうしよう」

けれどちがった。いつまでたってもプロットは通らず、出しても出しても突き返され、打ち合わせの約束は間遠になり、編集長の顔はめったに見なくなった。連載がないのでカレンダー製作もありえない。読者を招いての恒例イベントにも呼ばれなかった。デビュー以来、初めてのことだった。

「陰でとやかく言うようなその担当、替えてもらうことはできないの？」

「無理よ。今の私にそんな力、あるわけないでしょ。もともとなかったんだろうけど」

聞きかじった会話からすると、向こうは祐里子があきらめるのを待っているらしい。「エリカ」でやらせる気はもうない。プロットが通らないはずだ。いつからそんなに疎まれたのだろう。生意気を言った覚えはない。トラブルの心当たりもない。考えられるのはひとつ。人気がなくなったから。

両腕でしっかり抱えていると思ったものが、いつの間にか滑り落ちていた。あきれるほど、今は何も持っていない。

「他誌を考えようかな。先輩の漫画家さんに言われたことがあるの。『エリカ』を出る気はないかって」

「聞いてない。それっていつ？」

「一年くらい前。そのときは何言ってるんだろうって思った。よそに移るなんて冗談にしか聞こえなくて。でも今はちがうもんね。もう、他に道がない」

目が覚めた。やっと覚めた。噛みしめるようにくり返す。もう、ぼやぼやしてられない。

睦美の淹《い》れてくれた熱いほうじ茶、なみなみと注がれた湯飲みを、手のひらに包んでそっと唇を寄せる。記念すべき、目覚めの一杯だ。


夜のうちに祐里子はくだんの先輩漫画家にメールを書いた。

十年この業界にいても、他誌で活躍している知り合いはほとんどない。星川書店主催の新年会やイベントに出席するのは星川書店の漫画家ばかりで、もう少し規模の大きな漫画大賞などの授賞式には参加者が増えるが、自然と知った顔で固まってしまう。編集者も囲い込み意識があって、他誌との交流にいい顔をしない。噂を聞くのはもっぱらアシスタントを通してだ。

山岡《やまおか》香苗《かなえ》というその先輩漫画家は、祐里子より三年前に「ソフィー」という「エリカ」よりも小規模の漫画雑誌からデビューし、実年齢では十三歳年上、今年四十歳になる。アシスタントの口にするこぼれ話がやたら面白く、漫画そのものもファンだったので、いつかお会いしたいと言っていたところ、大御所先生の原画展で思いがけず実現した。会場に知り合いのアシスタントもいたので紹介してもらい、せっかくだからと食事に誘われた。

そのあとお礼のメールを出し、年賀状も送った。失礼なことはしてないよなぁと振り返りつつ、相談したいことがあるのでお会いできないかと、何度も文面を推敲《すいこう》して送信ボタンを押した。

メールの返信は翌日に届き、香苗は快く応じてくれた。

待ち合わせに指定されたのは池袋の駅近くにある喫茶店だった。約束より早い時間に着き、案内された席で緊張しながら待っていると程なく現れた。黒縁の分厚い眼鏡をかけた小柄な女性だ。サザエさんに出てくるワカメちゃんのような髪型をしている。

立ち上がって挨拶し、一年前と変わらぬ笑みを見て心からほっとした。結婚し子どももいると聞いたが、いい意味で生活感を感じさせない人だ。絵の具のついたスモックをいつも羽織っていた美術教師を思い出す。

紅茶やカフェオレをそれぞれ頼み、まずは祐里子から、最近出たばかりの香苗のコミックについて感想を伝えた。鬼の子どもが現代日本のふつうの日常生活に紛れ込み、ドラキュラと出会って一悶着《ひともんちゃく》起こすという、ギャグを効かせたストーリー漫画だ。楽しく話が弾み、これだけで帰れたらどんなに幸せだろう。

運ばれてきた飲み物で喉を潤し、会話が途切れたところで覚悟を決めた。重くなりすぎないよう、苦笑いを交えて近況を打ち明けると、話半分で香苗には察するものがあったようだ。

　珍しい話じゃない。よくあるパターンだ。そう思うと余計にいたたまれなかった。結局は自分のことを、特別だと思っていたにちがいない。編集部に気に入られ目をかけられ大事にされ、いつまでも「エリカ」に必要とされる漫画家なのだと、自惚《うぬぼ》れていた。その他大勢には入らない、というのはつまり、大勢を見下していたのかもしれない。

「あのときいくたさんに、『エリカ』を出る気はないかと言ったのはね、ちょうどそういう話を知り合いの編集者としてたからなの。三十ちょっとの男の編集者よ。やる気と熱意があって、私が見る限りかなりの目利き。いい漫画をじっさい手がけている。その彼がもったいないないって」

「もったいない？」

「そう。『エリカ』や『ティンクル』みたいなメジャー誌でやってる漫画家は、その枠にはめられて創作の幅を狭めているんじゃないかって。それを取っ払って、ほんとうに自由にのびのび描けるようになったら、もっと面白く、もっと新しい漫画を生み出せるかもしれない。そう熱く語っていたわけよ」

　祐里子は小さく頭を動かした。横ではなく、縦に。「エリカ」は中高生にターゲットを絞った少女漫画誌だ。じっさいの読者層は幅広く、ＯＬや主婦にも読まれているし男性も珍しくない。けれどメインとして据えているのはあくまでも女子中高生であり、学校を舞台にした恋愛漫画がほとんど。

祐里子の過去作もこの範疇《はんちゅう》にある。多少の逸脱はあったとしても。最近提出したプロットも似たようなものだ。

「思い当たることはない？　もちろん『エリカ』が合ってる人はいるわよね。編集部の方針や読者のニーズ、自分のやりたいことが他よりも『エリカ』に向いている人はいると思う。でも私、いくたさんはどうかなって気になったの」

一年以上も前に？

「合ってないように見えましたか」

「私の勝手な印象よ。手応えとか歯ごたえとか引っかかりとか、そういう漠然としたもの。少々食い足りなかった。直《じか》に会ってしゃべってみて、『エリカ』とはちがうカラーのものが読んでみたく――」

言いながら顔をしかめ、香苗は頭を左右に振った。

「だめね。そそのかすような言い方しちゃ。私にはなんの責任も持てないのに。しょせん外野のたわごとよ、適当に聞き流してね。デビュー誌と袂《たもと》を分かつってのは、そりゃ大変なことだもの。やらないに越したことないわ」

「香苗さんは他誌でも描かれてますよね」

「私も同じ。あるとき連載を外されたの。仕方ないからあちこち持ち込みして、掲載してくれるところを自力でみつけた。編集部に相談したら、渋々ながらも了解してくれて、掛け持ちするようになったのよ。今でも『ソフィー』の姉妹誌で、エッセー漫画をやってるわ」

ケンカ別れしたわけではないのだ。けれど自分のところはどうだろう。思うそばから香苗に言われた。

「『ソフィー』は小さいから、掛け持ちも他誌への移動も珍しくない。でも星川書店のような大手は厳しいんじゃないかな。連載がなくなっても他社に行くことは認めず、ほんのときたま、お情けのような小さな仕事をよこして縛り付ける。そんなふうに聞いたわ。ただでさえ仕事がなくて困っているところに、親切っぽくちらつかされたり、はたまた脅かすような物言いされたら、漫画家なんてひとたまりもない。よけいに離れられなくなってしまう。あとはずるずるフェードアウトしていくだけなんて、あんまりだと思う」

だったらどうすればいいのだろう。袂を分かつのはやめた方がよくて、理解を得ようと相談しても許されず、残ったら残ったで飼い殺し。あんまりなフェードアウト以外、ないではないか。

香苗を責めるのはお門違いだとわかっている。何より、自分自身が揺れている。切り捨てられるなら、こっちだって願い下げだと、息巻く気持ちはたしかにある。なのに、もしもほんのちょっとでも、たとえ嘘でも、引き留められるようなことを言われたら、無視できるだろうか。お情けの仕事でも喜んでしまいそうだ。デビューさせてやったと恩をちらつかされたら、きっとぐうの音も出ない。

「今の担当さん以外に、星川書店の中で相談できる人はいないの？　前の担当さんとか」

「連絡はとってみました。みんな心配して励ましてもくれるんですけど、それだけで」

他の部署に異動してしまえば、古巣とはいえ人の仕事に口は挟めないらしい。

「そうか。せっかくだから、私にできることがあったら何かしてあげたいとは思うのよ。私自身、これまでいろんな人のお世話になってきたし。紹介くらいはなんてことない。ただ結局はいくたさん自身の問題だから。『エリカ』との関係をこれからも続けるか、それを反故《ほご》にしても新しいことを始めるか。どちらにしてもリスクはあると思うの。よく考えてみて」

「さっきおっしゃっていた編集さんは、脈があると思いますか。他誌に移れるという可能性は、私にもあるでしょうか」

なけなしの気概をかき集めて言うと、香苗は口元をほころばせた。慰めるような、あるいは宥《なだ》めるような淡い笑みを浮かべる。

「もしよかったら聞いてみようか。口の軽い男じゃないから心配しないで。念のため、他言無用の釘も刺しておく。今すぐ『エリカ』と別れる切れるじゃなく、その前に、いくたさんの漫画について具体的な意見が聞けたら、少しでも参考になるでしょ」

「お願いします」

他社の編集者が自分の漫画をどう見るのか。評価するのか。聞いてみたい。思えば一度もそんな機会はなかった。中学のときに初めて投稿して以来、『エリカ』編集部以外の助言や意見をもらったことがない。

そしてもしも有意義なアドバイスと共に、一緒にやりたいと請われたら。

そのときこそ思い切るべきだと心に決めた。どんな出版社の、どんな雑誌編集者なのか、香苗は言わなかったし、祐里子も聞かなかった。規模じゃない。原稿料も二の次だ。

小さな会社だろうがマイナーな雑誌だろうが、今大事なのは作品を発表できる場だ。

香苗と会ったその日のうちから、祐里子は気持ちを奮い立たせ、久しぶりに新作のネームを切った。一枚一枚丁寧に仕上げながら連絡を待ちわびていると一週間後、電話があった。香苗はぎっくり腰になりかけたそうで、お見舞いの言葉を言い、聞こえる声の明るさにほっとしたが、本題に入ったとたんトーンダウンした。

「ごめんなさい。あれ、むずかしそうなの。彼が言うにはちょっとちがうんですって」

「ちがう？」

「いくたさんの持ち味とか能力とは別問題よ。彼個人の趣味趣向。けっして、いい悪いじゃないの。ほら、ラーメン作りの達人に、スポンジケーキのノウハウを聞いてもピント外れのことしか言えないでしょう？　あんな感じ。だから彼は何も言わなかった。批判も意見も。ほんとうよ。私が基礎力のあるちゃんとした漫画家さんって言ったら、それにはしっかり同意してくれた。いくたさんのことは認めてるってことなのよ」

香苗が気を遣っているのはよくわかった。彼女にとっても予想外の展開だったのだろう。相手は、香苗の顔を立てようともしなかった。いくたゆりは自分の趣味ではない、どう転んでも興味は持てない、会うだけの価値もない、原稿は持ち込んでほしくない、そう、己の主義主張を曲げなかったのだ。

なんとか取り繕って、へらへら笑って電話を切った。

あとは暗い部屋で膝を抱えて丸まり、行ったり来たりする寒気をこらえた。何もかもが真っ黒に塗りつぶされる思いがする。両目を左右の膝に押しつけた。担当編集者の口から「古い」「使えない」と聞いたときと、どちらのショックが大きいだろう。

すぐに答えに気づく。自分は他社から高評価を得て、ぜひともうちにと懇願され、それをそっくり「エリカ」の編集部に言ってやりたかった。手放すには惜しいと思わせたかった。必要な漫画家だと認めてほしかった。もう一度、振り向いてほしかった。

小学校の頃から読み始め、デビューできて嬉《うれ》しくて、自分の漫画を好きだと言ってくれる人ができて、応援してもらい、イベントでは段ボール箱からはみ出すほどの差し入れをもらった。「エリカ」はたくさんの喜びをくれた。大切な友人であり、共に歩くパートナーだった。そんなに簡単に割り切れるものじゃない。離れたくない。もっともっと「エリカ」で描きたい。

なんでだめなのだろう。ちゃんと描ける。かわいい女の子もかっこいい男の子も、笑顔も泣き顔も後ろ姿も走っている姿も、教室も、おしゃれなカフェも。

どうしてお払い箱にされなくてはならないのだろう。胸が苦しい。痛い。

「働く?」

「そ。ちゃんと履歴書も買ってきたんだ。書いたら見てよ。ああいうの、一度も書いたことがないの」

「待って。働くって、どういうところで?」

犬も歩けばなんとやら。町に出れば求人の張り紙くらい祐里子にもみつけられる。世の中たいへんな就職難で、大学を出ても希望の職種に就くのは至難の業だそうだが、はなから贅沢《ぜいたく》は言わない。まずはバイトだ。

「たとえばコンビニ。駅のまわりに三つもあって、なんと、どこでも募集してるのよ。これはいいと思ったんだけど、じっさいその気になってレジに並んでみると、やれ弁当を温めろだの公共料金の振り込みだの宅配便の受付だの、お客さんはいろいろ言うのよね。おまけにコピーのできない人に教えたり、からあげクンの補充や在庫調べまであって」

「他には?」

「レジと言えばパン屋さんもすごいよね。お店にあるパンの値段を全部覚えていて、あっという間にひとつも漏らさず完璧に打ち込む。似たようなパンでも一瞬見るだけでまちがえない。あれはまさに神レベル」

睦美がわざとらしく自分の指先を額にあてがったが無視する。

「ブティックはなんとかなるんじゃないかなと思ったの。でも店員さんって、売ってる服を着こなさなきゃいけないでしょ。私にできるかな。いつもだらしない部屋着でいるから。たまにちゃんとしたかっこうすると翌日は筋肉痛になるし」

「接客業をするつもり？」

「ＯＬは無理だって、むっちゃんが言ったんだよ」

「高校卒業以来、決まった時間にちゃんと起きたことないものね。宵っ張りの朝寝坊。パソコンも使えない。電話も受けられない。受注も納期も決算もパワポもレジュメも言葉からしてちんぷんかんぷん」

「パソコンは使えるよ。コミスタとか」

漫画を描くときに使うソフトだ。そのたぐいなら他にも知っているが、思い切り睨《にら》まれたので首をすくめた。

「できないことだらけなのはわかっているってば。この十年間、漫画しかやってこなかったから。知り合いも漫画関係の人ばかりで」

そうでないのは睦美くらいだ。学生時代の同級生は専門学校や短大、大学に進学し、ほとんどが堅気の勤め人になった。毎朝決まった時間に起きて身支度を調え出勤し、同僚や上司に囲まれて仕事をして、「社食」とやらでお昼を食べてまた仕事して。定時後は残業や飲み会、あるいは習い事などがあるらしい。

クラス会に出席したときにいろいろ聞かされた。祐里子にとってはそれこそ、漫画の中でしか見たことのない世界だった。そして祐里子自身については「がばがば儲《もう》かっているんでしょ」とざっくり言われ、うまく返せなかった。原稿料も印税も入るが、出ていく額もはんぱじゃない。仕事場を兼ねるので広い部屋を借り、アシスタントの賃金を払い、業務用のパソコンソフトを購入し、税理士に確定申告を委託する。

そういった話は口にしたところで、つまらなそうな顔をされるのが落ちだろう。大げさに感心されるのはもっと居心地悪い。自然と足が遠のき、今ではメールのやりとりもほとんどない。

「これでも一般常識はけっこうあるのよ。都道府県の名前はだいたい言えるし、戦国武将や妖怪の種類にも詳しい。連載でデパートの取材に行ったから、百貨店の心構えなんか知ってるの。ウィンドーディスプレイの話は面白かったな」

「絵を描く仕事は？」

「頼めば紹介してくれる人はいるよ。ちょっとしたカットやイラストの仕事だけど」

香苗とはまた別の同業者が、口を利いてあげると請け合った。

「でも『ちょっとした』じゃ、生活費にぜんぜん足りない。不定期だとあてにもできない。稼ぎ口をしっかり確保しておかなきゃ」

「言わずもがなだけど時給も日給も月給もすごーく安いよ。だいたいの相場って知ってる？」

知らなかったけれど、今ならそこそこ知ってる。広告を見て電卓を引っ張り出し、働ける時間や日数に時給をかけてだいたいの収入をはじき出し、ぎょっとした。月給に換算して今住んでいるマンションの家賃以下だ。

「こんな部屋にはとうてい住めないね。本格的に引っ越しを考えるわ。都内である必要もないし。むっちゃんと離れるのだけは寂しいな」

日曜日の昼下がりだった。睦美の作ったりんごケーキを食べながら、祐里子は意識して和やかな表情でリビングを眺めた。レースのカーテンが白く輝き膨らんでいる。開け放たれた窓から風が入っているのだ。七階建ての三階なので見晴らしはよくないけれど、ベランダの前に高い建物がないので日当たりがいい。

この部屋に決めたときのことを昨日のように思い出す。四年前の、今と同じ初夏、深緑のきれいな季節だった。同行したのは母親だけでなく、当時の担当、三十代半ばの女性編集者も一緒だった。最寄り駅から徒歩五分、まわりは落ちついた住宅街、日当たりも良く床暖房も完備、築浅、オートロックの優良物件と、不動産屋の熱心な説明に気をよくした。

ここならアシさんたちも通いやすいですね。打ち合わせは駅前のあのカフェで。差し入れにたこ焼きや肉まんを持ってきますよ。来年の春にはあそこの公園でお花見を。担当編集者はそう言って窓辺から緑の塊を指さした。母親は家賃を心配したが、アニメ化によってコミックの重版がかかり収入が前年より大きく伸びた時期だった。これくらいなら余裕ですよねと、微笑《ほほえ》む編集者にうなずくのは誇らしかった。もっと高い物件でもかまわない。いずれ賃貸ではなく購入したい。そのときはどの街がいいだろう。

成功者になった気分で、白い壁やシックな色味のフローリングを眺め、新調する家具の話に興じた。自分の幸せはあの頃がピークだったのか。

「『エリカ』の担当者とは、その後どうなってるの?」

「別に。何も。メールひとつないよ。最近担当した新人漫画家さんがブレイクしてるらしい。忙しいんじゃないの」

ひどくすさんだ言い草だと気づき、笑って最後の一切れを口に入れた。甘さを控えた素朴な味わいのりんごケーキだ。とても簡単に作れるそうだが、レシピを尋ねたことさえない。このあたりも二十代の女子として失格なのかもしれない。

「ストーリー漫画は描かないの？」

「描ける場がないからね」

「持ち込みは？」

すぐには答えられず、空っぽになった皿をじっとみつめた。

「もういいよ」

つぶやいて再び窓へと目を向ける。

「ちがうことをしてみる。描く以外のこと。ここを出て、身の丈にあったところに住んで、もう一度やり直すの。よくわからないけど、今までとはちがう何か」

空っぽの器に入れられるものを探そう。きっとみつけられるはずだ。そう思えるうちに。手遅れになる前に。

「そうか。それもいいかもね。うん。なるようになるか。私たち、まだ二十代だもん。これからだね。いい男と巡り会って恋もしなきゃならないし」

「恋！　忘れてた」

「まったくもう。うかつにもほどがある。合コンやろうよ、合コン。セッティングするからさ。出てよ。翌日、筋肉痛になるような服で」

　これには笑った。久しぶりにくったくなく、作り笑いや空元気ではなく、のどかに顔中をくしゃくしゃにして笑った。


　新しい部屋探しをする傍ら、祐里子は人生初のバイト暮らしに入った。ネットで調べた人材派遣のサイトに登録し、まずは短期の仕事から。しょっぱなはワインメーカーによるキャンペーンイベントだった。期間は三日間。来場者にスクラッチカードを配るという仕事だ。

　申し込むとごく大ざっぱな説明を受け、詳しいことは当日現地にて。指定された時間に行ってみると採用されたのは五人だった。控え室で制服に着替え、ミニスカートと踵《かかと》の高いブーツにぎょっとするも後の祭り。年老いたキリンのような足取りで入り口付近に立ち、言われたとおりに片腕にバスケットの取っ手を通すと、ぎっしりカードが入っているので重い。

　あくまでも片手で軽々と持ち、笑顔と共に中のカードをお客さんに渡し、当たりが出たらワインのプレゼントがあると説明する。引き替え場所は会場の奥だ。片手を大きく掲げてアピールに務め、会場の雰囲気を常に明るく盛り上げるのも依頼主からの要望だった。

一度聞けば小学生でもわかる仕事で、なるほどとうなずくのは簡単だった。でも全《まっと》うできるかどうかは別問題だ。へっぴり腰でよたよたする祐里子には来場者が呼び止められず、やっと手渡しても説明部分をもたつくと質問されてしまい、その都度途方に暮れる。会場奥などとてもアピールできない。明るく盛り上げるよりも、トイレの場所を案内するのに忙しい。

マネージャーという肩書きの会場責任者からは、笑顔と姿勢を何度も注意された。靴擦れが痛い上に転ぶのが恐ろしくてまっすぐ立てず、ミニスカートはスースーする。笑うどころではないがクビを言い渡されるのもこわくて、必死に目尻を下げた。迷子と一緒に泣きたい。

試練の三日間は、雇用した側にも我慢の三日間だったろう。せっかくの給料は筋肉痛をほぐすマッサージにほぼ消えた。

この教訓を生かし、次は服装の条件をしっかり確認した。土日のショッピングモールで風船を配るバイトは見苦しくない服装であればいいらしく、足元もスニーカー可だった。行ってみるとロゴマークの入ったエプロンを支給され、炎天下の屋外はきつかったがスクラッチカードほど悲惨な状況には至らなかった。

二日目の午後は突風と雷雨に見舞われ、急遽《きゅうきょ》設置された屋内ブースに移動して風船を配り終えた。通りすがりのお客さんに、何度となくモール内の売場を聞かれたが答えられず、受付の場所を教えると、舌打ちや「使えねえ」との捨て台詞《ぜりふ》を浴びせかけられた。これも給料のうちなのか。もっとも日給は相場よりずっと低かった。

三つめは新築マンションの内覧会受付だ。華美でないダークカラーのスーツというのが条件で、買うつもりでいたところ睦美が貸してくれた。幸いローヒールのパンプスは持っていた。簡単なパソコン操作が課せられているのは予想外で、あまりにも大げさにびびったので笑われた。初めての内勤であり、大きなビルの中でスーツ姿のビジネスマンに囲まれ、曲がりなりにもファイルやバインダーを抱えているとOLになった気分が味わえた。

昼休みにはオフィス街のビストロに誘われ、黒板に書き付けられた本日のスペシャルランチの中からオムハヤシを選んだ。サラダと食後のコーヒーがついて八百八十円。

「幾田さん、ずっと派遣をやってるの？」

「絵を描く仕事をしてたんですけど、契約が切れたところで再契約してもらえなくて」

「不景気だもんねえ。デザイン事務所か何か？」

「はい。そんな感じで」

まんざらな大嘘ではなく、だいたい合っている。

「ときどき長期の募集もしているのよ。うちでよかったらまた来てよ」

社交辞令なのだろうが同年代の社員に言われ、この世にほんの五十センチばかり自分の入り込めるスペースを与えられたような気がした。ビストロのひと席分だ。立ち上がって会計を済ませればまた誰かが座ってしまうような場所が今はとても大切で、壊さないようそっと持ち帰り心の中にしまっておきたくなる。

もしかしたら自分だけじゃなく、多くの人がこんなふうにささやかなものを集め、ほのかな光に目を細め、理不尽な現実や思い通りに行かない毎日をやり過ごしているのかもしれない。

四つ、五つと短期のバイトを続け、失敗とクリアを重ねていると、睦美が約束だからと合コンの話を持ってきた。これまでも漫画家仲間の口利きや、高校時代の同級生の誘いなど、それっぽいものを含めれば四回だけ参加している。

漫画家関係はほとんどただの飲み会で、ゲームイベントやアイドルグループの握手会、フィギュア自慢といったオタクネタに終始した。反対に同級生のはかなりきちんとしていてひとりだけ浮いてしまった。会社勤めの話にも乗れず、大学の話題も相槌《あいづち》さえ打てない。絵が得意なら美大に行くべきだったと意見され返事に窮した。高卒はそんなにまずいのか。従兄が芸大の油絵学科という男に長々とされたのは、結局自慢話なのだろう。

睦美もOLなのだから、同級生のタイプに近いのかもしれない。警戒して探りを入れるとただの飲み会だと笑われた。

「四月の歓送迎会の二次会で、となりにいたグループと酔った勢いで仲良くなって、そのあと会社近くのコンビニでばったり会ったの。でもこれ、偶然でもなんでもないのよ。そもそもしゃべるようになったきっかけが、お互い会社の場所が近かったからなの。で、そのひとりと飲む話がまとまったわけ」

「みんなはすでに顔見知りなの？」

「ううん。今ではなく、前の会社の友だちに声をかけた。その子の友だちも来るから、私たちと合わせて女子は四人。男は、コンビニでよく会う松田《まつだ》さんが学生時代の友だちを誘うみたい。いろんな人が集まりそうよ。家業を手伝っている人や、舞台の大道具さん、バスの運転手さん」

　少しほっとした。オフィス勤めの会社員だけではきついと思っていたので、バラエティに富んでいるのはいいことかもしれない。

「高卒でも肩身が狭くない？」

「あたりまえよ」

「私のことはなんて言ってあるの？」

「同じマンションの仲良しさん。漫画家とは言ってないよ」

「今はちがうからね。今はフリーターよ。でもちょっとは働けるようになってきたから、もう少し長期の仕事を探そうかと思ってるんだ。誘ってくれる人もいるし」

　祐里子の言葉に、睦美は何か言いたげな顔になった。言葉にするより先に、すっと目をそらしてしまう。バイトなんか勤まりっこない、むりむりと鼻で笑ったのは最初のうちだけだ。メイクの仕方や服装について、睦美は積極的にアドバイスをくれた。とにかく頑張るようにとはっぱをかけられ、しばらくはモーニングコールの世話にもなった。そういったサポートのおかげもあって今では早寝早起きに慣れ、メイクの手際もよくなった。スーツを着ても筋肉痛にならない。

　けれど睦美は目に見えて寂しげな顔をするようになった。転居先の相談をすると眉を曇らせ、しょうがないね、この部屋は高すぎるねと同じことをくり返す。

身辺整理は少しずつ、でも着実に進んでいた。二段ベッドも引き取り手をみつけ、三日前に持っていってもらったばかりだ。賃貸の仲介業者に契約解除を申し渡し、遅くとも年内には引き払うつもりでいる。実家にもその旨を伝えた。

「エリカ」の担当者からは七月の初めに短いメールが届いた。ファンレターが溜まっているので転送しますとあったが、それきり何も送られてこない。祐里子も返事を出さずじまいになった。

七月末に開かれた恒例の愛読者イベントは今年も盛況だったらしく、不参加を心配した漫画家友だちから電話をもらったが、間の抜けた声しか出せず、彼女たちの間で自分はすでに脱落者扱いだろう。遠ざかるのは、なんて早い。

哀しいも虚しいも寂しいも、わきあがるたびに古雑誌と一緒に紐《ひも》で縛ってベッドの部屋に放り込んだ。読者からの手紙や贈り物は段ボールに詰めて実家に送った。アシスタント用のスリッパや膝掛け、タオルや座布団はまとめて処分した。

ペンやインクなどの備品、原稿用紙、トレース台はまだ迷っている。

絶対遅れちゃダメよと念を押され、祐里子は週末の夜にバイトを入れず、気軽なパンツ姿でビアレストランに出かけた。

焦げ茶のフローリングに煉瓦《れんが》をあしらった壁と、背の高い観葉植物がおしゃれでモダンな店だった。照明は暗めだが席ごとにライトが調整されているので、座ればちゃんと互いの顔が見える。ＢＧＭはジャズ。若い人が多く、椅子やテーブルもカジュアルな木製だった。

集まったのはほぼ同年代で、遅れてくるひとりをのぞき、七人がそろったところで乾杯となった。四人掛けのテーブルをふたつくっつけ、男女がふたりずつ交互に並び、祐里子のとなりには睦美が座ってくれた。途中で席替えがあると言われ、そこだけひどく合コンっぽい。

ビールを飲んで野菜サラダや鮮魚のカルパッチョを分け合い、ひとりずつの自己紹介が始まる。ＯＬが睦美を入れてふたり。祐里子はフリーター。もうひとりは学校で保健の先生をしているそうだ。男は睦美の会社の近くで働くビジネスマンがひとり、商店街の靴屋さんと某劇団の団員と称する人（大道具係らしい）、遅れてやってきたのが路線バスの運転手だった。

予想とちがい一番地味だったのが小太りの劇団員で、靴屋さんは陽気なムードメーカー。足つぼマッサージの話からバリやプーケットといったリゾート地の話に移り、それぞれの思い出話や失敗談に花が咲き、話題が二つ三つに分かれてひとしきり盛り上がったところで席替えがあった。今度は男女が入り交じり、睦美ともはじとはじに離れてしまった。

その睦美は言い出しっぺであるビジネスマンといい雰囲気で、ときどき見交わす笑顔がやけにお似合いだ。はじっこの席についた祐里子のとなりにはバスの運転手が座った。口数の少ない真面目そうな人だった。

「ファッションには疎くて」

彼は照れ笑いを浮かべ、運ばれてきた新しい料理を取ってくれた。ついさっきパレオがわからず、さんざんみんなにからかわれたのだ。向かいに座っていた靴屋さんが聞きつけ、「わからなすぎ」とツッコミを入れたので、「じゃあ、ケリーバッグを知ってるか」と反論する。

「以前職場で、それを持ったお客さんがどうのこうのって話になって、教えてもらったんだ」

「へー」

「ほら、知らないじゃないか」

形勢逆転とばかりに顎をしゃくる運転手と、大げさにひるんでみせる靴屋さんがおかしい。そしてどんな鞄《かばん》かと説明するも、うまく言えずに運転手は身振り手振りであやうくビールグラスを倒しそうになった。

見かねて祐里子は近くにあった白い紙ナプキンを手に取った。ペンを持つ仕草をすると、斜め前にいた保健の先生がボールペンを貸してくれた。記憶をたよりにケリーバッグを描く。おおっ、という小気味いい歓声があがった。

「スポーツバッグみたいなのを想像したけど、ちがうんだ」

「そうそう、こういうの。女性の鞄ですよね」

「うまいなあ」

「ウェッジヒールは？　さっきそれもわからなかったんですよ」

紙をひっくり返し、運転手のリクエストに応えた。ついでにパンプスとローファーも描く。ボールペンの滑りがよくなったところで、もう一枚紙ナプキンを置き、さっき話に出たイルカや熱帯魚、トロピカルドリンクや花の絵を描いていく。

「絵、うまいんですね。すごい」

「前は仕事にしてたんです」

ペンを握ったままでいると、靴屋さんがまっ白な紙を持ってきた。昼間に使っているランチョンマットだそうだ。調子よくウィンクみたいな目配せをされ、戸惑っている間にも運転手の彼が皿やコップをよけてスペースを作ってくれた。睦美に目をやると、対角線の向こうはじで心配そうに小首を傾げていた。けっして「やらせ」ではないらしい。

となると、ふっと肩の力が抜ける。目の前のまっ白な紙を眺め、祐里子はボンネットバスを描いた。こんなレトロなバスに乗ってないと抗議を受けるも、まわりには大受けする。続いてこびとの靴屋さん。大きな革靴相手に、紐を引っぱったり鋏《はさみ》を抱え上げたりする小さい人たちに拍手が聞こえた。斜め前の先生を意識して、健康診断で身長を測る男の子も描く。

「今はフリーターだっけ？　でも絵の仕事をしてるんでしょ？」

身を乗り出して尋ねる保健の先生に、いいえと首を振っているとまた新しい紙が置かれた。

「短期のバイトをやってるんです」

イベント会場でのカード配りと、ショッピングセンターの風船配り。マンションの内覧会。さまざまなお客さんがいて、出会った人がいて、見たもの、聞いたものがある。

描いていると止まらなくなった。脳裏によぎった光景をなぞるように手が動き、白い紙の上で線が伸びて曲がって跳ねて結ばれる。絵になる。歌うように次へ次へと転がり、自分の線が過去から駆けてきて絡め取られる。あれもこれもとひしめく。初めて描いた犬の絵。お姫さまのスカート。笑っているお日さま。大好きなドーナッツ。お出かけのバッグ。チューリップの花壇。

まっ白な画用紙は宝物で、絵を描いていればおとなしいと言われた。おばあちゃんや親戚のおばさんに上手上手と頭を撫《な》でられ、感心され、嬉しかった。地面にも描いた。枯れ枝や、蠟石《ろうせき》で。紙をホチキスで留めて絵本も作った。

漫画を知ったのはいつだろう。夢中で読みふけり自分の中のどこか、扉みたいなものが大きく押し開かれた。こんなふうに描きたい、描ける人になりたい。それからは楽しいことばかりではなかった。同じ顔が描けるように練習して、パースやデッサンを学び、コマわりを研究し、何度もやり直し、お話も考え、セリフに四苦八苦し、白い原稿用紙に自分なりの漫画を生み出した。

忘れるわけがない。離れられるはずもない。遠ざかったのは漫画じゃない。

「この絵の人、すごく楽しそうだね」

靴屋さんが祐里子の描いたひとりを指さした。

「住宅展示場で一緒だった人です。前の職場でいろんなことがあって出社できなくなって、今やっと社会復帰のリハビリ中だと言ってました」
「絵の中では、笑っているよね」
「漫画の話で気が合ったんです。そのあと、この人がもう一度外に出るきっかけとなった話もしてくれました。すごく素敵なエピソードだったんですよ。幼稚園の頃からの、幼なじみの友だちがいて――」

小さな女の子をふたり描いたところで、祐里子は手を止めた。

コマわりが自然と頭の中に浮かんだのだ。冒頭部分、二ページ、三ページ目。今すぐ描きとどめ、ひとつも漏らさず摑《つか》み取りたい衝動にかられるも、それとはまったくちがう思いが外から風のように吹き込んだ。

遠ざかったのは漫画じゃない。自分が、知らず知らず離れていたのではないか。たとえば漫画を読んでくれる人たちから。住宅展示場で出会った彼女のそばに、今の自分は並んで座ることができた。休憩時間はとても楽しかった。でも前の自分だったらどうだろう。ほんのわずかでも寄り添うことができただろうか。

絵は描ける。話は作れる。締め切りを守って仕上げられる。でも、そこに「無難に」という言葉がついてやしなかったか。面白い展開を考えて描いていくのは簡単ではない。だから適当にやっていたとは絶対言わない。けれど慣れはあったかもしれない。自分にできる範囲内での頑張り。連載を外されてからは余計に、編集部の顔色ばかりうかがっていた。「エリカ」の漫画家であることだけが重要になっていた。

もっと世の中は広くてごちゃごちゃしてるのに。スクラッチカードのバイトひとつ取ってもそう。祐里子の分まで配ってくれる子がいた。足を引っぱられて迷惑だと、雇い主に言いつける人もいた。やさしいことを言って、陰で鈍くさいと嗤《わら》う人もいた。いろんな人がいて、ぶつかってすれちがって、何かが生まれる。その何かこそ、描くべきものだろう。学園ラブコメであろうとも、アクションであろうとも、異世界ファンタジーであろうとも。

住宅展示場の彼女が楽しそうに語っていたのはスポ根ものだった。

「私、漫画家だったんです」

「だったらその女の子たちの話、いつか漫画で読めるのかな」

となりの運転手が小首を傾げる。

「描けるといいな」

口にしたとたん、ひとりでに涙がこぼれた。あとからあとからあふれて止まらない。

なんだろう、これ。場違いはわかっている。合コンの席だ。気軽で楽しい飲み会だ。まわりは初対面の人ばかり。足を引っぱるだけの、鈍くさい、恥ずかしい女じゃないか。

でも止まらない。ごめんねと無性に言いたくなった。誰にだろう。何にだろう。気がつかなくてごめんね。ほったらかしにしてごめんね。

ティッシュが差し出された。背中を叩く人がいた。洟《はな》をかんで涙を拭って目を開けると、白い紙がやけにまぶしくて、蠟石で描いたイタズラ描きのようにお日さまも風船もにこにこ笑って見えた。


道具や用紙を手放さないでよかった。

夏の終わりから秋にかけて、祐里子は二十ページの読み切り漫画を描いた。仕事に挫折したOLが子どもの頃習っていたピアノを思い出しつつ、幼なじみの働くカフェバーに立ち寄る。共通の友だちの懐かしい話から、思いがけない過去の真実が明らかになり、彼女は物語の最後、仲違《なかたが》いしていた仕事のパートナーに、今まではありえなかった言葉をかける。

真っ先に読んでくれた睦美が目を潤ませてうなずいた。「しみるねえ」というひと言を聞けただけで十分だった。

「どうするの、これ」

「香苗さんに相談してみようと思う」

「前に断られた人でしょう？　いいの？」

「あれは、香苗さんじゃなくて、紹介しようとしてくれた編集者に断られたの。それもひっくるめて、もう一度相談したいのよ」

　引っ越し準備は続けていたがバイトは中断していた。倹約に努めれば、もう少し無職のままでいられそうだ。この間に、古今東西の漫画に触れ、本を読み、美術館や博物館を巡り、新たにデッサンの勉強を始めるつもりでいる。これまで受け取った報酬は、充電期間の生活費を含めてのものだと思うことにする。

「『エリカ』はどうするの？」

「まだよくわからない。ただ、こだわるのはやめようと思うんだ。むやみにしがみつくのも、感情的になってそっぽを向くのも。『エリカ』には『エリカ』の良さがある。編集部はさておき、雑誌の良さね。読者をたくさん持っている。勢いのある明朗な漫画誌よ。やりたいものがあったらよく考えて企画書を出す。他が向いてるなら、そっちを目指したい」

　睦美がいつになく優しい笑みを浮かべる。

「よかった。それを聞いて安心した。イクちゃんには漫画描きが一番合ってるよ」

「でも、漫画だけでもだめだと思ったんでしょう?」

「それは、なんにおいても基本じゃない」

名言だ。タイミングよく、ハーブティーがふるまわれた。今日は睦美の部屋だ。体中にしみ渡るような熱くて香り高いお茶を、心ゆくまで味わおう。

「飲み会の約束も忘れないでね」

「恥ずかしいなあ」

「何を今さら」

思わず泣いてしまった赤面の飲み会は、そのあとの二次会でも何をしゃべったのかよく覚えてないが、みんな口々に「また会おう」と言ってくれた。どうやらほんとうに再会の機会があるらしい。

バスの運転手とはときどきメールのやりとりをしているけれど、睦美にはまだ内緒だ。もしかしたらとっくにばれているのかもしれない。


二週間後、締め切り明けという香苗と池袋の喫茶店で待ち合わせをした。前回と駅は同じだが今度はビルの二階にある明るい店だった。

窓際の席に向き合って座り、祐里子はバッグの中から封筒を出して香苗に渡した。

もう一度相談したいとメールすると、喜んでという返事をくれた香苗だ。真剣な顔で受け取り、「いい？」という目配せをしてから、そろそろと原稿を抜き出した。

原画ではなくコピーだ。それでも扉をひとしきりみつめてから丁寧な手つきでめくる。一枚、二枚、三枚。そこで止まった。

「これ、預かってもいいのかしら。ゆっくり読みたい」

「ありがとうございます」

「それと、前に話した編集者にもどうかな。これなら読むと思う」

祐里子の表情が動くのを香苗はじっと見守る。

「実はね、前回こう言われたの。いくたさんは『エリカ』から出られない漫画家だろうって」

瞬《まばた》きして、祐里子はたった今の言葉を自分の中で反芻《はんすう》した。意味がすとんと入ってくる。「ああ」と、声を上げそうになった。

慣れ親しんだ雑誌から、他所《よそ》に移れるか、移れないかということ。出ればいい、というものではない。出ないのがいけないわけでもない。「エリカ」に居ながら、「出る」人もいる。どの雑誌であろうとも、しっかり自分の創作を確立する人はいるのだ。

そして、出なくてはいけなくなったとき、出るべきだと感じ取ったとき、毅然《きぜん》と前を向いて歩いていける人もまた、より高みを目指せるのだと思う。

寒気が走り、震えそうになる。武者震いだろうか。これから先、ハードルは確実に高くなる。どこにいてもそう。どんどん高くなる。自分に跳べるだろうか。

「いくたさん?」

呼びかけられ、深呼吸した。自然と背筋が伸びる。

「もう一度お願いします。その方によろしくお伝えください」

頭を下げ、香苗が原稿をしまうのを横目に、テーブルに手を伸ばした。大丈夫。指先は震えてなんかいない。コーヒーカップの取っ手を摑む。原稿を持ち込む以前に、話の段階で突っぱねた編集者はとても偉そうだ。何様だろう。冷徹で辛辣な人かもしれない。でも「いくたゆり」の弱点を見抜いていたのだ。

今はその人に会ってみたい。恐れよりも、前に進みたい気持ちの方がずっと大きい。まだまだ描きたいものがあるのだから。

カップに片手を添え、祐里子はコーヒーに口を付けた。

ちょっとビター、でも後口はすっきり。目が覚める。

六畳ひと間のＬＡ

平山瑞穂

平山瑞穂（ひらやま・みずほ）
1968年東京都生まれ。2004年、『ラス・マンチャス通信』で第16回日本ファンタジーノベル大賞を受賞してデビュー。一作ごとに作風を変え、読者を魅了する。『株式会社ハピネス計画』『魅機ちゃん』『プロトコル』『有村ちさとによると世界は』『大人になりきれない』など、異色お仕事小説の著書も多い。

1

　ここのところ私は、週に三日、出社するたびに戦々恐々としている。またあの男からのメールが届いているのではないかと。今日も、講師用のＰＣを起《た》ち上げて専用システム内に設けられているメールの受信箱を覗《のぞ》くと、案の定そこには、「小柴太一《こしばたいち》」の名がある。誰にでも均等に付与されるもっともらしい受講生ＩＤとともに。

　私が心の中で勝手に「タイッつぁん」と呼んでいる、都内在住、自称五十二歳の受講生である。

　気分的にはあとまわしにしたいところだが、相手が難物であればあるほど、質問内容を先にチェックしておかないと、その日の仕事量が摑《つか》めない。おかげでタイッつぁんのメールは、心ならずもまっさきに開封する癖がついてしまっている。そして中身に目を通すたびに、ほぼ毎回、私は深いため息をつくことになる。

拝啓かほり先生。

この前のメールでYOURE' WELCOMEはどういたしましての意味だと教えて下さいましたがどうも判《わか》りません。

ウェルカムはようこその意味だと思うんですがあなたはようこそですというと何《な》故《ぜ》どういたしましてになるんでしょうか。そこん所をもう少しかみくだいてくれると幸いです。

親鳥がヒナにエサをやるみたいに口移しだとMORE MORE HAPPYナンチャッテ（ジョークです気にしないでドント・ウォーリイ）

「拝啓」はいらないだろ。ていうか下の名前で呼ぶか普通。「白根先生《しらね》」と呼べ。それに、YOURE'じゃなくてYou'reだし。質問しようとしてるフレーズの綴《つづ》り自体間違っててどうする。それになんで全部大文字？　あと、頼むから適宜に読点打て。読みづらいっつーの。

タイッつぁんの質問メールは、いつもこの調子でツッコミどころ満載である。満載すぎて、いちいちツッコんでいると身が持たない。「口移し」云々《うんぬん》に至っては、見なかったことにしてスルーを決め込む以外に手がない。

しかもこの人は、ちっとも懲りないのだ。こうした個人的なざれごとのような部分を私がどれだけ冷徹に無視しても、毎回必ず、なにかひとつはよけいなことを書き加えてくる。「かほり先生はきっとそちらの先生の中でもYOUNGESTでビューティフルレストなステキな女性なんでしょうね」とか。「一度ハンド・マッチつまりお手合わせ願いたい所です」とか。

ただ、返信そのものをしないわけにはいかない。困ったことに、この受講生はそれなりに熱心で、テキストの課題にはどうやらまじめに取り組んでいるらしいからである。もっとも、基礎学力があまりにも低いので、学習内容について来ることができている気配はほとんどないし、度重なる質問も、たいていはなにか見当外れな内容なのだけれど。

いったい、どういう人物なのだろうと思う。

五十二歳というのが事実だとしたら、私の父親といくらも違わない年齢である。質問メールの中で駆使しているオヤジギャグ的センスを見るかぎり、実際にかなり歳はいっているようだ。それで、中学一、二年生レベルといわれる英検四級を受験するための通信講座を、自ら受講している。

実のところ、この講座「英検4級アタックコース」の受講生の年齢層は、思いのほか高い。もちろん、推薦入学を狙う親などが子どもに受けさせているケースも多いが、それは全体の三割程度で、残りは二十代から七十代あたりにまで広く分布している。目を引くのは、四十代くらいの女性の受講生が驚くほど多い点だ。

たぶん、子育てが一段落ついたあたりで、もう一度英語を勉強し直してみたいと思う専業主婦の人々がいるのだろう。そのとき、もうすっかり忘れてしまっている英語にあらためて向き合うに際して、「まずは中学生レベル」と思って英検四級からスタートするという心理は、比較的理解しやすい。

でも、男性であるタイッつぁんは、それともどうも違うようだ。

四冊のテキストと六回の添削指導で二万八千円というのは、決して安い受講料ではない。なにかよくよくの事情があるのだろうか、と想像してみたこともある。たとえば、職場での配置が急に変わり、仕事上の必要から、中高生時代は苦手で見向きもせずにいた英語を、三十何年ぶりに一から勉強せざるをえなくなったとか。

しかしそれにしては、この人はばかに暇そうなのである。私がこの会社、エクセル・グローブに出社するのは毎週月・水・金曜日の日中に限られているが、その間にタイッつぁんから質問メールが届くこともちょくちょくあるし、私の返信に対して一時間もしないうちに応答することさえある。かといって、定年退職後の趣味なのだと考えるのは、年齢からいって無理がある。

そんな風に、人物像をプロファイリングできない気味の悪さも、この小柴太一という受講生にはつきまとっているのである。

もちろん私も、受講生の一人ひとりを、こんな風に個体識別できているわけでは必ずしもない。

この講座を同時期に受講している人は、全国に千人規模で存在している。そのうちおよそ六割は、添削課題を一度も提出しないままフェードアウトしていく。課題の提出率は回を重ねるごとに低下していき、六回目の修了課題まで辿《たど》り着ける受講生は全体の二割にも満たない。それでも私は講師として、常時数百人の受講生とは、なんらかのやりとりをしている計算になる。全員の人となりを把握するなどどだい無理な話だ。

だから、受講生からの質問にも、無制限に応じているわけではない。

最大十二ヶ月の学習期間中に、テキストや添削課題に関連したことでなにか疑問点があれば、受講生はメールやファクスあるいは郵便で講師に質問することができるが、その回数は十五回までと決められている。質問を一回受けつけるごとに、管理システムにおける個別の受講生データに回数が加算される仕組みになっているから、特定の受講生だけが規定よりたくさん質問することはできない。

ただ、この仕組みには思わぬ落とし穴がある。メールで質問を受けつけた場合、そのメールに対する返信という形を取りつづけるかぎり、たとえ結果として何往復したとしても、質問回数としては「一回」としかカウントされないのだ。

質問のテーマが途中からあきらかに変わっていると見なせるなら、そこでいったん回答を留保して、新しい質問として処理させてもらうこともできるが、どこからどこまでが「ひとつの質問」なのか、見極めをつけるのは難しい。

こちらからの回答に対してさらに疑問が生じたような場合には、やはり同じひとつの質問として対応すべきではないかと思う。また、テーマになっていることと関連して覚えておいた方がいいことを教えるのに、わざわざ新しく質問を立てさせるのもどうかと思う。そんなこんなで、質問メールを通じての受講生とのやりとりは、ともすればエンドレスになりがちである。

相手の理解がどんどん深まっていくのが嬉《うれ》しくて、長引くやりとりを私自身が楽しんでしまっているケースさえある。でも、エクセル・グローブにおける私の報酬は時給制だ。たくさん質問のやりとりをしたからといって、その分給料が増えるわけではない。講師としてつきあえるのはここまで、とどこかで意識して線を引かないと、きりがなくなってくる。

そもそも、この質問のシステムを積極的に利用するかどうかは、受講生次第である。添削課題はまめに出してくるのに、質問は一度もしないという受講生もいる。単に質問を必要とするほど疑問に思うところがないだけなのか、それともよっぽどのことがないと質問してはいけないと勝手に思い込んでいるのか、その点はわからない。

その一方で、ちょっとでもわからないと感じるとためらいもなく質問を投げかけてくる受講生もいる。たとえそれが、テキストをちゃんと読んでいればわかるはずのことであっても、講師としては突き返すわけにもいかない。タイッつぁんは、あきらかにこの後者のグループに属している。

彼が矢継ぎ早に繰り出してくる質問には、本当に手を焼かされている。

たとえば添削課題で、１から5までのセンテンスに対して、適切な応答をアからオまでのセンテンスから選んで組み合わせる、という形式の問題がある。〝Can I use your pencil?〟に対する応答として、正解が〝Sure, take it.〟であるところ、タイッつぁんは〝That's too bad.〟を選んでいた。間違いを指摘すると、彼は質問にこう書いてきた。

自分が忘れたからといって人の鉛筆を使おうなんて図々しいにも程がありますよね。ふてえ野郎だ。

だから「それはあまりにもひどい（悪い）」と返事するのが正しいと思ったんですけどこれって間違ってますかね。

〝That's too bad.〟は本来、〝I have a cold today.〟に対する応答として用意されている選択肢である。風邪をひいたと言っている相手に対して、「それはよくないね」と返しているのだ。ところがタイッつぁんは、これに対しては〝No, thank you.〟を応答として選んでいる。〝cold〟を風邪ではなくて「冷たいもの」すなわちアイスかなにかだと思い、「まだ寒いのにアイスなんていらないから」そう答えたのだというのである。

タイッつぁんの困った点は、解答が間違っているなりに一種の筋が通ってしまっていることなのである。なぜそれが間違いなのかを、本人にわかってもらうのが難しいのだ。こういう人に対しては、何をどう言ってあげればいいのだろうと真剣に考え込んでしまう。

わざとやっているのかな、と疑ったこともある。どうやら私を若い女と思って勝手な幻想を育んでいるようだから、少しでもやりとりを長引かせるために、わかっていないふりをしているのではないかと。でも本当にそれをやろうと思ったら、逆にそれ相当の英語力が必要になるはずだ。タイッつぁんにそれがあるとはとても思えないので、やはり、本人なりに真剣な疑問を抱いていると考えるべきなのだろう。

こうして私は、この得体の知れない男性と、週に最低一度、多いときは出社する曜日ごとに、まるでメル友のように頻繁にやりとりすることを強いられている。

質問の中に折々に彼が忍ばせてくる「ざれごと」の部分も、百パーセント無視するわけにもいかず、たまにはつきあってあげてしまうので、彼はすでに、私のパーソナルデータをいくつか把握してしまっている。二十八歳であること、身長が百五十五センチであること、髪はセミロングで、たいていはうしろで束ねていることなどだ。

なにもバカ正直に事実を書くこともなかったな、とあとから少し悔やんだけれど、私は昔から、適当な嘘《うそ》をつくのがどうも苦手なのだ。まあ、自宅の住所を押さえられているわけではないから実害はないだろうが、そうしたデータをもとに、タイッつぁんが頭の中でどんな「かほり先生」を思い描いているかと思うと、少し背筋が寒くなる。

いずれにしても、特定の受講生にここまで、いわば「なつかれて」しまったのは、ちょっと失敗だったなと思う。ただ、こんなことになったのにも、無理からぬいきさつがあったのだ。

2

英語力を活かした仕事がしたい、と思いつづけていた。中学生の頃から科目としてもずっと得意で、高校時代は学年で一、二位を争うレベルだったし、大学時代、オレゴン州の大学に一年間留学してからは、その思いは決定的なものになった。

手にした勘をなくさないように、その後も外国人がよく出没するビアパブなどに出入りして積極的にネイティブの人と話す機会を設けたり、主に小学生相手とはいえ、近所の小さな英会話スクールで講師のアルバイトをしたりもした。

だから大卒後は、本当は外資系の大企業にでも就職して、あわよくば海外勤務などもしてみたかったのだけれど、今どき英語が話せるくらいでそんなポストをやすやすと宛てがわれるほど世の中は甘くない。どうにか転がり込むことに成功したのは、数十人で切り盛りしている小さな商社だった。

そこの個人輸入代行部門に配属されたことで、英語力を培ってきた人間としての面目がかろうじて保たれる形にはなったものの、それも長くは続かなかった。社の経営が悪化して、その部門自体が解体されてしまったからだ。

かわりに配属された部署での仕事は、英語とはほぼ無縁で、しかも新しい上司は、女子社員と見れば当然のように下の名前を「ちゃん」づけで呼び、必然性もなく飲みに誘っては「ホテル行こう」と見境もなく肩を抱いてくるような、天然記念物もののセクハラおやじだった。

耐えられなくなった私は、転属後二ヶ月で、その商社を辞めてしまった。これからどうするのか、とうろたえる両親のもとに戻るのはプライドが許さなかったし、生活のためにファミレスでアルバイトしながらすぐに次の仕事を探したが、この時世、条件のいい再就職先は簡単には見つからなかった。

それでも私は、「英語力を活かせる仕事」にこだわった。あちこちから門前払いを食らって、いいかげんあきらめようかと思いはじめているときに、偶然目に触れたのが、エクセル・グローブの求人広告だった。

この会社の名前は、高校生の頃から知っていた。外国語のテキストや英会話の聴覚教材などの広告を、あちこちの新聞や雑誌にちょこちょこと出していたからだ。ただ、募集をかけているのは、そうした教材を制作する部門ではなかった。私自身、その募集広告を見て初めて知ったことだが、ここでは英検、ＴＯＥＩＣなど英語関係の通信講座も運営していて、その添削指導をする講師を募っているというのだ。

通信教育か、と私は思った。

中学生時代、「赤ペン先生」で有名な就学年齢向けの通信講座を、親にねだって受講したものの、二ヶ月で挫折した苦い経験がある。そしてそれ以外に、通信教育というものについて、格別のイメージはなかった。だから添削指導というのも、答案ひとついくらで請け負い、主婦などが育児の片手間に自宅でこなすものだろうという程度の認識しかなかった。

ところがエクセル・グローブは、通いの講師を時給制で雇い入れようとしている。その点に興味を惹《ひ》かれて面接を受けてみたところ、わりとあっけなく採用された。タイミングもよかったらしい。たまたまベテランの講師が何人も相次いで辞めることになり、早急に穴埋めをする必要があったのだ。

私としては、時給制とはいっても一応通いであることが気に入った。一枚いくらという形で請け負った答案を自宅で添削する「内職」型よりも、こちらの方が「ちゃんとした仕事」っぽく見えるし、その分、親や友だちにも報告しやすいと思ったからだ。

とはいえ正直なところ、当初、私はこの新しい仕事を、腰かけのアルバイトくらいにしか考えていなかった。

英会話スクールでのアルバイト経験もある私は、人に教えることが決して嫌いではないけれど、通信添削では真価を発揮できないと思っていた。しょせん、決まった課題を型どおりに採点して戻すだけではないか。

担当することになったのが、中学中級レベルといわれる英検四級の講座だったことも不満だった。ＴＯＥＩＣで八百三十点というスコアを持つ私の英語力が、不当に低く見積もられているように思えたからだ。ともかくも英語に関係する仕事であることにはちがいないから、せいぜい職歴のひとつとして、将来のキャリアアップに向けた肥やしのひとつにでもできれば——その程度の心づもりだったのである。

でも私は、どうやら大きな思い違いをしていたらしい。

「英検コースを受ける人は、当然、英検の合格を目指しているものと思うでしょう？ところが、必ずしもそうとはかぎらないのよ」

前任者である依田《よだ》さんが、引き継ぎのとき、仕事の流れをひととおり説明したあとでつけ加えたことがそれだった。通訳や実務翻訳も含め、英語関連のさまざまな職を渡り歩いてきた大ベテランである。エクセル・グローブに勤務していた数年の間も、いくつかの仕事をかけ持ちしていたようだ。

「特に成人以上の受講生の場合、動機は実にさまざまでね。なんとなく英語に触れていたいとか、洋画を字幕なしで楽しみたいとか、中高生時代にちゃんと勉強しなかった英語にもう一度取り組みたいとか。そのためのとっかかりとして、とりあえず英検コースを受けてみるってケースもたくさんあるのよ」

その点がわかっていないと、受講生をいたずらに苛立《いらだ》たせたり傷つけたりするだけの見当違いな指導をしてしまう結果にもなりかねないのだという。

「でも、どうしてそんな、個々人の動機とかがわかるんですか？」

私が訊《たず》ねると、依田さんは管理システムを開き、受講生の個別データを何点か表示させてみせた。受講生ごとの学習期間終了日や添削課題の提出状況などが一覧の形で確認できるのだが、一人ひとりの「備考」欄に、なにやら一、二行ずつ入力してある。

顔を近づけてそれを読んだ私は、思わず目を瞠《みは》った。

「整序作文が苦手」「語彙力アップが課題」といった指導上の注意点をメモしているのはまだわかる。それだけでも、何百人という受講生一人ひとりを識別しているという意味で驚きなのだが、真に仰天したのは、次のような書き込みだった。「旦那《だんな》さん海外赴任」「子育て中。勉強時間深夜15分」「海外ボランティアをしたい」「趣味はフルート演奏」「キアヌ・リーブスのファン」――。

「こんな立ち入ったことまで……」

「添削課題の余白とか質問とかに、本人が書いてくるの。たとえばこれなんかね、カナダに留学してる息子さんのところに行って、いきなり英語で話しかけてびっくりさせてやりたいから頑張ってるんだ、とか。そういう、ちょっとでも気になることがあれば、すかさずここにメモしておくようにしてるのよ」

依田さんに言わせると、通信教育という手段をあえて選ぶ人々には、ある特徴があるそうだ。もちろん、生活形態などの都合からそれ以外の方法を選べないという人もいるが、多くは講師との間に、単なる課題の機械的なやりとりには終始しない「コミュニケーション」を求めてくる。そして多くは、スパルタ式に弱点を矯正されるよりも、よくやったと褒められ、この調子で頑張ってと励まされることを望むという。

思えば当然のことかもしれない。私自身、少しだけ経験があるからわかるが、通信教育でなにかを学ぶというのは、孤独な作業である。観客がいるわけでもないし、だれかがそばについていて叱咤《しった》激励してくれるわけでもない。たとえ顔は見えなくても、せめて講師の人には、自分がいかに頑張っているかをわかってほしい。そう思うのは自然な感情だろう。わかってくれる人がいるからこそ、たった一人でも頑張れるのだ。

「こういうメモが必ず役に立つというわけではないけど、この人が何を求めてこの講座を受けているのか、ということを探る手がかりにはなる。それに、たとえば次の添削を返すときなんかに、講評でそういうプライベートなことをちょっと引き合いに出してあげると、相手は喜んで、モチベーションを高めてくれたりするしね」

「でも……そうやってせっかく頑張って学習を進めても、動機が英検合格じゃなかった人は、結局受験しないまま終わっちゃうわけですよね」

「それがね」

そう言いかけて依田さんは、くすりと笑いを漏らした。

「あわよくば……って気持ちはあるのよ、そういう人たちにも。おっかなびっくりちょっとやってみて、いけそうだったら英検取得も目指そうかなっていう。合格が目的じゃないっていうのも、もしかしたら一種の予防線なのかもね。落ちたら恥ずかしいから、なんて思ってるだけで」

だから講師としては、相手の望みを踏まえながらも、いかにしてより高いモチベーションを引き出し、いかにして気持ちを英検受験に向けて導いていくか、そこに腕の見せどころがあるのだ。そう言って、依田さんは話を締めくくった。

私にしてみれば、まさに目からウロコだった。

工場での流れ作業みたいに、答案用紙に片っ端から〇×をつけて、右から左へと無差別に片づけていくのが、通信教育における添削指導だと思い込んでいたのだ。それが実態は、これほどまでにこまやかに個別事情を勘案したものだったなんて。なんという奥の深い世界だろう。

もっともこうした指導手腕は、超ベテランの依田さんだからこそ果たせたものだったのかもしれない。高校で教鞭《きょうべん》を執った経験もあるようだし、「生徒」の気持ちを汲《く》み取って、やる気を出させることに長《た》けていたのだ。

「これはあくまで、私はこうしていたっていうのを参考までに話しただけだからね。まだ若くて経験も浅い白根さんに、ここまでやれとは言わないから。正直、時給もそう高くはないしね」

依田さん自身、そう言い添えてくれていた。そしてその言葉を置き土産に、彼女はエクセル・グローブを去っていった。なんでも、通訳関係の仕事で新しい契約を結ぶことになり、ここでの仕事を続ける余裕がなくなったというのがその理由だったようだ。

彼女が指摘したとおり、ここの時給はとても人に自慢できるようなものではない。しかも、フルタイムで勤務したくても、そうさせてくれない。終日勤務なら週三日、月曜から金曜までの毎日なら午後のみでいいと言われたので、時間数がわずかに多くなる前者を選んだのだが、それだけではとても生活が成り立たず、空いた日はファミレスでのアルバイトを続けることを余儀なくされている。

そんなわずかな報酬のために、未経験な私が前任者並みに緻密《ちみつ》な指導をまっとうすべく多大な労力を投じるのはどうか、という思いもあったが、依田さんから途中で引き継いだ受講生の人々を、あからさまに失望させたくなかった。

それで私は、不器用ながらも依田さんのやり方に倣い、受講生データの「備考」欄をできるだけ活用する方向で自分なりの指導スタイルを作っていかざるをえなくなった。慣れないうちは加減がわからず、添削部門を管理する課長にいやな顔をされながら出社日ごとに残業をする羽目にもなったが、半年も経《た》つ頃には、「依田式」のこまめな指導をしながらも、おおむね時間内に手際よくノルマを果たせるようになっていた。

年に三回ある英検の試験はその間にも二度ほど実施され、無事合格したという通知が続々と届いた。その中には、私を名指しした感謝状もあった。受講生データと突き合わせて、「ああ、あの人か」とわかったときには、胸が熱くなったりもした。こちらでも手間をかけて指導したという思いがあるからこそ、合格の知らせもいっそう嬉しく感じられるのである。

ただ、その試行錯誤の中で、何人かの受講生とは、あきらかに距離を縮めすぎてしまったと思う。

相手に一定の良識があれば、「ちょっと甘えすぎかな」とある段階で本人が察して、それとなくメールの応酬を控えてくれたりもするが、鈍感な人やあつかましい人の場合、こちらが暗に距離を置こうとしても、気づかないのかそのふりをしているのか、一向に歩調を合わせてくれる気配がない。

その最たる例が、タイッつぁんなのである。

こういう人に対して、依田さんならどう対処しただろうか。きっと角を立てることなく、あざやかにいなしていたことだろう。しかも、私がいまだに探り出せずにいるこの人の「受講した真の動機」も、難なく察知していたにちがいない。

ちなみに「小柴太一」は、私がこの英検四級コースの担当になってから新規に受講したうちの一人であり、その受講生データの「備考」欄には、私自身がこのように入力している――「セクハラおやじ。無職疑惑あり」。本当は、こんなメモなど必要ない。この人だけは、名前を見ただけでいやでも即座に人となりを思い出すからだ。

3

小柴太一様

こんにちは。

小柴さんの飽くことを知らない探究心には、いつも感心させられます。なにごとを学ぶにも、その探究心がものを言うと私は思います。

さて、ご質問の件ですが、〝welcome〟は本来、「歓迎されている」という意味の形容詞です。

よそからやって来た人を〝Welcome!〟と言って迎えるのは、「あなたは歓迎されていますよ」、つまり、「私はあなたを歓迎していますよ」という意思を表すためです。

ただ、これは決まり文句のようなものですので、訳すときには日本語でそれに近い「ようこそ」を当てることが多いのです。

一方、〝Thank you.〟という感謝の表現に対する応答としての〝You're welcome.〟は、普通、「どういたしまして」と訳されますが、
実は、最初に書いた「ようこそ」の意味で使う場合と、根っこは同じです。

相手が感謝を口にしたことに対して、

「私はあなたの存在を歓迎しているのだから、感謝されるまでもないことです」

という気持ちを形式的に伝えているわけです。

ただこれも、日本語にすると――


午後三時過ぎ、ここまで書いて不意に徒労感に襲われた私は、結局、宛名のみ残して全文を削除した。タイッつぁんがこのくだくだしい説明を正しく理解するとは、とても思えなかったからだ。長く書けば書くほど、さらなるとんちんかんな疑問の種をかえってたくさん与えてしまうことになるにちがいないのだ。

「探究心」云々のくだりも、火に油を注ぐ結果を招きかねない。すでに五往復目に突入し、最初のテーマが何であったかすら不明になりつつあるこの「質問」には、ここらでいいかげんにケリをつけたかった。

考えたあげく、私が送信したのは、きわめてシンプルな回答だった。〝Welcome!〟も〝You're welcome.〟もともによく使われる決まり文句なので、似ていることはあまり気にせずに、それぞれ「ようこそ」「どういたしまして」と機械的に覚えておくように、という内容である。

こういう大ざっぱな回答をするたびに、私は少しだけ良心の呵責《かしゃく》を感じる。なにか大事なことを隠して嘘をついているような気持ちになるからだ。でも、ていねいな説明が必ずしも適切な説明になるわけではない。相手によるのだ。

タイッつぁんからは、即レスと言っていいほどの迅速さで返信が来た。本当に、いったい何を生活の糧にしているのだろう。夜の仕事かと思ったこともあるが、メールの送信時刻が夜間になっていることも多いのである。

拝啓かほり先生。

かほり先生らしくない短い返事でチョット残念ですボク寂しいナ。

かほり先生の返事は長くて読むのが楽しみなのにこれじゃさみしくてオッサン泣いちゃいます。

大人の男を泣かせるイケナイ女ですねかほり先生。

――キモすぎる。

この文面を前に私は数秒迷ったが、今回は毅然《きぜん》として無視することに決めた。そこまでつきあっていられないし、第一これは、もはや「質問」ですらない。それに、四月も後半を迎えて仕事量が徐々に増えつつあり、特定の受講生にばかりかかずらっている余裕はなかったのだ。

添削課題の提出数や質問の量は、一次の筆記試験が実施される一月、六月、十月のそれぞれ前月あたりにピークを迎える。駆け込みで残りの課題を消化しようとする受講生が多いからだ。その時期にはさすがに私だけでは捌《さば》ききれず、臨時のヘルプ要員が駆り出されることもあるし、私自身、週五日勤務を申しつけられたりする。

試験日程との関係でいえば、四月はまだ比較的楽なはずなのだが、一月と並んで四月は、新規に受講する人の数がほかの月と比べてかなり多い。教室に人を集めて授業をするわけではないので、年間通してどの月から始めてもかまわないのだが、年や年度の変わり目には、「今年こそ」という意識が強く働くらしい。

そして、学習を開始したばかりの頃は誰しもモチベーションが高いから、その月のうちに一回目の添削課題を提出する人も少なくはない。そういう理由で、四月の後半あたりからピークが始まり、それが六月の筆記試験に向けて勢いをなくさずに高まっていくのである。

しかも、新規受講生の多い月は、私の職分とは無関係と思われる雑用に結果として追われ、その分いっそう時間が圧迫されることになる。

やれ教材のセット内容に不足があるだの、テキストに乱丁があるだの、そういったことに対応するのは、講師の仕事ではないはずだ。支払い方法についての相談だとか、住所変更の連絡などもそうだ。でも受講生から見れば、私は「エクセル・グローブの人」でしかない。この人に言えばなんでもわかるはずだと思っている受講生が少なくないのだ。

そういうことは事務局に問い合わせてくださいとガイドブックにも明記してあるのだが、多くの人はそこを読み飛ばしている。特に受講したての頃はまだ勝手もわからないので、なんでもかんでも講師である私に投げかけてくるのだ。

おかげで私は、質問用紙や質問メールに書かれた内容に目を通す際に、be動詞の活用についての質問と、「家をリフォームしている間だけ添削課題をこちらの住所に返送してほしい」という依頼とを切り分けて、後者をしかるべき担当者につなげなければならなくなる。しかも往々にして、その後の処理についても、「悪いけどやっといてもらえますか」と代打を命じられる。

講師として雇われたはずなのに、うやむやのうちに「なんでも屋」にされてしまっているのである。

そのとき私は、エクセル・グローブがあえて時給制で通いの講師を雇用している理由がわかった気がした。その方が、学習指導以外の雑用も体よく頼めるからなのだ。なんとなく釈然としないところもあるものの、その分も時給は支払われているわけだし、気分転換の時間と考えて割りきるようにしている。

その日も、勤務時間の三分の一は、そうした雑用を片づけるために消えてしまっていた。タイッつぁんの甘ったれたメールを無視すると決めてからは、自分で今日のノルマと決めた分の添削課題と質問を消化することに専念したが、すべて終わったときには七時近くなっていた。規定の勤務時間を一時間半もオーバーしている。

しかも今夜はこのあと、ファミレスで深夜のシフトに入らなければならない。急な空きが発生したからと店長に拝み倒されたのだ。先に少しでも仮眠を取っておかなければもたないので、コンビニでお弁当でも買ってとっとと帰ろうと思った。

エクセル・グローブは、三階建ての小さなビルを丸ごと借りて経営している。同じような規模の小さい会社がごみごみと密集しているエリアで、二つ隣は成人雑誌やちょっとエッチな写真集などで知られる出版社である。学生が多い街でもあり、安い居酒屋やラーメン屋なども同じ路地に軒を連ねている。

社屋を出て、駅に向かって歩きはじめたとき、ちょっといやな感じがした。すぐそこの電信柱に凭《もた》れて、中年男性がタバコをふかしていたからだ。もともとお世辞にも柄のいい街ではないが、区の条例で路上喫煙が全面禁止されている中で公然とそれをやっているなんて、ろくでもない人間にちがいない。

実際、横目で素早く盗み見るかぎり男は、見るからにまっとうな社会人ではない出《い》で立ちのようだ。陽が落ちればまだ肌寒いこの季節に、まっ黒い薄手のシャツ一枚で胸をはだけ、裾はだらしなくズボンからはみ出させている。うっかり視線が合ってしまわないように、足早に前を通り過ぎようとしたとき、男がふらりとこちらに近づいてくるのがわかった。

「あの……」

声をかけられて、私は竦《すく》み上がってしまった。嘘、私？　なんで？

「かほり先生じゃないですか？　かほり先生ですよね」

恐怖と当惑のあまり、問われるまま反射的に頷《うなず》いてしまった私は、ほぼ同時にそれを悔やんだ。私のことを「かほり先生」と呼ぶ人物は、この世界でただ一人のはずだ。

「俺、小柴です。小柴太一。先生に会いに来ちゃいましたよ」

案に違《たが》わず、男はそう名乗って、機械じかけの人形みたいにぺこぺこと頭を下げた。

「あ、はい。どうも……」

私の反応は、激しい動揺のせいで、かえって取り澄ましたような調子を帯びていたと思う。その実私は、とっさにそう返しながら必死に頭の中を整理して、目の前で起きているできごとの意味を考えようとしていたのだ。

男の背丈は、私とさして変わらない。男性としてはかなり小柄な部類だ。そのかわりずんぐりむっくりしていて、特に腹部は、太鼓みたいに大きく張り出している。裾を出したシャツの布地にふわりと覆われていてもそれとわかるほどだ。そしてそのシャツは第二ボタンまで外していて、首からぶら下げた細い鎖が胸もとで安っぽい金色の光を放っている。

頭髪は、整髪料でオールバックに近い形にべったりと撫《な》でつけてあり、櫛《くし》の通過した線が一本ずつ数えられるほどだが、薄くなっている頭頂部は、そのせいでかえって地肌があらわになってしまっている。そして襟足のところだけ、整髪料が行き渡らずに、伸びすぎた毛が使い古した筆の先みたいに四方八方にはねている。

年齢はせいぜい四十代のなかば程度に見えるが、それは身につけている服の趣味からくる錯覚なのかもしれない。五十二歳の男は普通、迷彩模様の入ったズボンなどを穿《は》かないものだからだ。

では、これがあのタイッつぁんその人だとして、どうして私がわかったのだろうか。たしかに、ここの住所は、エクセル・グローブが世に出しているあらゆる印刷物に刷り込まれている。そしてタイッつぁんは都内在住だから、家からここまでやって来ること自体は容易だっただろう。でも、講師の「白根かほり」を特定することはできなかったはずだ。

受講生と講師が直接顔を合わせる機会は、原則としてありえない。受講生の中には、あらぬ言いがかりをつけてきたり、講師に対するストーカー行為に出かねなかったりするようなおかしな人も、少なからずいる。そのせいで講師が過剰な負担をかけられたり、無用な危険に晒《さら》されたりすることがないよう、よっぽどの事情がないかぎり、そういうリクエスト自体を受けつけていないのである。

それでいてどうして……と私が考えを巡らせているうちに、タイッつぁんは、まるでその疑問に対する答えを与えるかのように経緯を語りはじめた。タバコだか酒だかが原因なのか、喉《のど》に常時痰《たん》がからんでいるようなひどいガラガラ声である。

「いやね、一昨日かな、一度受付のところまで行って、白根かほり先生に会いたいって言ったんだけどね、そういうのはやってないんですって追い返されちゃってさ。でも俺、どうしても先生に会いたくて、だから昨日、夕方くらいからずうっと待ってたの、ここで、先生が出てくんの。でも昨日は会えなくて……」

なるほど。昨日は出勤日ではなかったから、会わずに済んだのだ。

「でも、あの、どうして私が白根だって……」

「ああ、だって、メールに書いてたとおりなんだもん！」

タイッつぁんはそう言いながら、満面の笑顔で私の顔を指差した。

「二十八歳、身長百五十五センチ、うしろで束ねたセミロング、マンマじゃないですか。さっき出てきたとき、すぐわかったよ。俺が頭ん中でイメージしたとおりだったから。イメージどおりの清楚《せいそ》な才色兼備タイプ。いや、予想以上に美人さんだったけどね、ほんとほんと」

たったそれだけの情報で？　このビルに出入りしている人間で、私と年格好が近い女性は、社員・業者を合わせて少なくとも二十人はいるのに？　この人はもしかして、なにかほかの方法で、すでに私についていろいろと調べ上げているのではないだろうか。

「悪いね、急に押しかけちゃって。ほら、正面切って会いたいとか言うとダメですとか言われそうだったからさ。それにさっきの先生のメール、そっけなくてさみしかったんだよ、俺。それでよけいに会いたくなっちゃってさ。ね、だからどうですか、そこらでお茶でも」

年齢を考えればばかに幼い顔で、タイッつぁんはそう言った。

「いえ、ごめんなさい、受講生さんと個人的にそういうのは、ちょっと……」

かろうじて浮かべた笑みを顔に凍りつかせたまま、私はやっとの思いでそれだけ口にした。

「堅いこと言わないでよ先生。現に俺ら、こうして出会っちゃってるじゃないですか。二人の出会いはすでに始まってるんですよ」

そう言いながら一歩私に近づいたタイッつぁんの体から、かなりきつい整髪料のにおいが、ヤニくささと一緒に鼻先に押し寄せてくる。私は思わずうしろに一歩飛び退《の》いて、両手を前に突き出しながらしどろもどろに答えた。

「いえ、ちょっと急いでますので、それは……。ほんとごめんなさい。あの、ご質問でしたらまたメールをくだされば。ほんとごめんなさい」

それを言いながら、私はすでにうしろ向きに歩きだしていた。その間、タイッつぁんがどういう表情を浮かべ、何を言っていたかはよく覚えていない。そのときの私には、恐怖と、とにかくその場から逃げきりたいという思いしかなかったのだ。

だいぶ遠ざかってから一度だけ振り向いたが、タイッつぁんが追ってきている気配はなかった。それでも私は安心できず、人波を押しのけるようにして駅の階段を駆け上がり、発車間際の山手線に飛び乗って、疲れたサラリーマンたちの間に身を隠した。

4

それ以降、エクセル・グローブに出社する曜日は、行きも帰りもびくびくしながら道を歩かねばならなかった。それまでは昼休みに近くのコンビニに買いに出ていたお弁当も、出勤する際に地元で買って持参するようになった。特に警戒していたのは、帰るときだ。職場の場所を知られていることはやむをえないとして、あとをつけられて自宅まで探り当てられた日には、夜もおちおち寝ていられなくなるからだ。

当のタイッつぁんは、翌日にはまた質問メールを送ってきて、あっけらかんとした調子で「昨日はビックリさせちゃってすいません」と書き添えていたが、待ち伏せされた私がどれだけ怖い思いをしたか、わかっている気配はなかった。

私としては、「直接お会いしてもお力になれることはないと思いますので、どうか今後、ああいったことはご遠慮いただけますように」と丁重に窘《たしな》める以外に打てる手立てがなかった。いくら暴力団関係者風の身なりをしているいかがわしい男だとしても、エクセル・グローブにとっては、正規の学費を支払って受講している顧客にはちがいないからだ。

それに、熱心に勉強している過程で疑問に思ったことを訊ねてくる相手に、けんもほろろな対応を取るわけにもいかない。それとこれとは別と切り分け、あくまで講師として冷静に対処しなければならない。たとえその質問が、テキストのスキット部分に登場するKenとMaryが「デキているのかどうか」というばかげた内容であったとしても。「そこん所がわからないと会話の意味がつかめないから」という、本人が掲げている理由は、たぶん本当なのだろうから。

どのみちあと半年もすれば、彼の学習期間は終了し、受講生として私に質問メールを送る資格も失われるはずだった。それまで大過なくやり過ごせさえすればいいのだ。だから、彼が二度と私の前に姿を現さなかったら、いずれ私も当初の恐怖を忘れ、彼を単なる「ちょっと困った受講生」の一人と思うだけのもとの状態に戻ることができていたかもしれない。

ところが彼は、そうさせてはくれなかった。

最初の待ち伏せから二週間ほどが過ぎた頃、エクセル・グローブからの最寄り駅前で、タイッつぁんは再び私に声をかけてきたのだ。もう大丈夫かな、と警戒を解きかけていたタイミングだっただけに、私の衝撃は小さいものではなかった。

「かほり先生じゃないですか。俺、たまたまこっちで用を済ませて帰るところなんだけど、偶然ですねえ」

彼の言い分はそういうものだったが、とうてい信じられるものではない。ともすればそのまま家まで送ると言いだしかねない雰囲気のタイッつぁんを、本屋に寄る用事があるからと言って撒《ま》くのが、そのときの私にできた精一杯の自己防衛だった。

私は実際に、その後一人で用もない本屋に立ち寄り、念には念を入れてさらにカフェで三十分ほど時間をつぶしてから帰宅したのだが、本当に撒くことができたのかどうか、ひょっとしてずっとあとをつけられていたのではないかと思って気が気ではなかった。本人が「偶然」だと言っているのに、あからさまに怯《おび》えて逃げるような態度を取ったことで、変に逆恨みされたりしていないだろうかという心配もあった。

翌々日、エクセル・グローブに出社した私は、ことのいきさつを課長に打ち明けて相談した。課長は渋い顔をしてしばし考え込んでいたが、ようやく開いたその口から出てきたのは、拍子抜けするほど頼りないひとことだった。

「それは、いっそ警察に相談した方がいいんじゃないかな……」

　こういった問題に関して、警察などがなんの助けになるというのか。被害者からたびたび相談を受けていながら手を打たなかったとか、責任をよそに押しつけたとかいう警察の不手際が原因で、過去に何人ものストーカー被害者がみすみす命を落としているではないか。

　まして私のケースでは、実際に待ち伏せされたのは、今回のも「偶然」ではなかったと断定したとしても、たった二回である。それで警察が親身になって動いてくれるとは、とても思えなかった。しかし、なにかが起きてからでは手遅れなのだ。

「わかるけどね、ただ私らとしても、正直、白根先生を守りきれるかどうか……」

「たとえば在宅勤務に切り替えていただくとか、なにか考えられないでしょうか。ずっとじゃなくていいんです。せめて小柴さんの学習期間が終わるまでとか。そうすればむこうもあきらめてくれるかなって」

　考えておく、と課長は答えたが、正直、あまりあてにできそうにはなかった。

　出勤時はしかたがないとして、退勤時は、せめて明るいうちに、できれば帰るタイミングが一緒になっただれかを捕まえて駅に向かうように心がけていたが、それもままならなかった。陽《ひ》はすでにかなり長くなっていたものの、添削課題のピークにも突入していたから、毎日どうしても残業がちになり、日没までにタイムカードを押すことと自体至難だったのだ。

そうしてなすすべもなく、暗くなってから帰途に就いたある晩、事件は起きた。駅まではさいわい、男性社員の一人と一緒に向かうことができたが、問題は地元の駅に着いてからだった。都心から私鉄で二十分ほど郊外に下ったところにある駅だ。私の月収では、曲がりなりにも商店街があるような駅前周辺の部屋など借りるべくもないので、二十分ほど、静まり返った住宅街の中を歩かなければならない。なるべく大通りから離れないように家路を辿っていても、途中でどうしても、人気《ひとけ》のない路地を使わざるをえなくなる。

左側に寂れた神社、右側に誰もいなくなった保育園のある暗い路地を急ぎ足で歩いているとき、背後から自転車がかなりのスピードで近づいてくる気配を感じた。たまたま通りかかった、ここらに住んでいる見知らぬだれかだろう。そう思おうとしても、怖くて足が竦んでしまい、振り返ることができない。でも、見ればきっと、知らない人とわかって安心するはずだ。いくらタイッつぁんだって、わざわざ自転車に乗って地元まで私を追ってきたりはしないだろう。いいから振り返るのだ。

自分にそう言い聞かせて、ようやく頭をうしろに向けようとしたそのとき、私はなにか思いもかけなかった強い力で左腕が乱暴に引っ張られるのを感じた。何が起こったのか、とっさにはわからなかった。つんのめって転びそうになったところで、五メートル先の路上に自転車が横ざまに倒れるのが見えた。

慌てて自転車を起こし直し、ペダルに足をかけた男の顔を、街灯が一瞬だがはっきりと照らし出した。タイツつぁんではない。私より若いくらいの、彫りの深い顔をした痩せた男だ。走り去る自転車を呆気《あっけ》に取られて見送ってから初めて、左肩にかけていたはずのバッグがなくなっていることに気づいた。引ったくり？

そのとき、背後から「待てコラ！」という荒っぽい声が聞こえた。

なにかの獣に似た黒っぽいものが私のすぐ脇を風のように通り越していって、若い男の駆る自転車を追った。男は振り向いた拍子にバランスを崩し、追いすがってきた黒っぽいなにかに後部の荷台を摑まれて、あっけなく転倒した。しばらく揉《も》み合いをしたあげく、若い男は自転車をその場に乗り捨てて走り去り、黒っぽいなにかだけが残った。その手には、私のバッグがぶら下げられていた。

「くそっ、逃げやがった……。でも、バッグは取り返しましたよ、かほり先生」

汗だくで息を切らしながら私のところに戻ってきたのは、黒いシャツに黒いチノパンを身につけたタイッつぁんだった。

「どうして……」

　さしあたって、そう言うのが精一杯だった。

　どうしてこの男が、私の地元であるこの街にいるのか。しかもどうしてそれが、狙い澄ましたかのように今このときなのか。私が引ったくりに遭った現場に、どうしてこの男がこんなに都合よく居合わせたのか。

「いやね、ほら、かほり先生って、ちょっとかよわい感じじゃないですか。なんかひやひやしちゃって見てらんないんだよね。だから、陰ながら先生を見守るつもりで、たまたまこのあたりにいたんだけどさ、そしたら案の定……」

　少しきまりが悪そうに、でも同時にどこか得意げにそう言いながら、タイッつぁんは私にバッグを差し出した。ぼんやりと無言でそれを受け取りながら私は、すべてのカラクリを見通した気になった。

「……グルだったんですか？」

「え？」

「さっきの、引ったくり。あの男とグルだったんでしょ。だって、タイミングがよすぎるもん。バッグだけ取り返して、男は逃すって最初から示し合わせてあったんじゃないの？　警察に連れていかなくて済むように。それで私があなたに感謝してなびくとでも思ったの？」

「いや……」

困ったように眉をへの字にするタイッつぁんを見ているうちに、私は感情を抑えきれなくなってしまった。

「もう、やめてよ、こういうの！　私がここひと月ほどの間、毎日行き帰りにどれだけ怖い思いをしたかわかってるの？　私は講師であなたはただの受講生、それ以上でもそれ以下でもない。こういうの、ほんとに迷惑！」

ヤバい、ちょっと言いすぎたかな。こんな言い方をして、かえって火に油を注ぐことにならないかな。

私はそう思って一瞬だけ悔やんだが、口にしてしまった言葉を取り消すことはもうできなかった。対するタイッつぁんは、「俺、そんなつもりじゃ……」と言いながらなにか弁解しようとしていたが、すぐに嫌気がさしたようにそれを中断し、ただ、帰ります、と言って私に背を向けただけだった。私はその姿が完全に見えなくなるまで見届けてから、アパートまで帰り着いた。

妙にあと味の悪い気持ちが自分の中で渦巻いていて、私はその晩、よく眠れなかった。

5

　つくづく人は、忘れるのが早い生き物だと思う。タイツつぁんからなにか報復めいたことをされるのではと怯えていたのはその後せいぜい一週間くらいの間で、特にそんな気配もなさそうだとわかるや否や、私は意外にあっさりとそれを意識しなくなった。

　その間、タイツつぁんから質問メールなどがいっさい来なかったことも大きかったかもしれない。それだけでも、「ロックオンされている」という印象はだいぶ薄まるものだ。

　ただ、それまではほとんど出社するたびに目にしていた「小柴太一」の文字を、まったく見かけなくなってしまったのは、逆に気にかかることでもあった。あれ以来タイツつぁんは、質問どころか、添削課題の提出も中断してしまっている。私がきつく言いすぎたせいで勉強を続ける気持ちさえなくなってしまったのだとしたら、ちょっと寝覚めが悪い。

　私に怒鳴りつけられた瞬間のタイツつぁんの様子も、冷静になって思い返すと、そのたびに少し胸が痛んだ。まるで、褒められることをしたと思ったのに逆に主人に叱られて、わけもわからずただ尻尾《しっぽ》を股の間に挟んでしゅんとしている仔犬《こいぬ》のようだった。

もっとも、そのことにゆっくりと思いを馳せている時間はなかった。時期的には、それはまさに添削課題提出や質問のピークと重なっていたからだ。英検の一次試験が近いだけに、返送の遅れは死活問題にもなりうる。捌いても捌いても襲いかかってくる仕事の嵐と格闘するのに、私は手一杯だった。

ようやくそれが山を越えて、久々に定時で上がることができたある晩、私は自分をねぎらうつもりでワインを買って帰り、アパートでそれを飲みながらテレビを観ていた。どこかでおもしろい番組をやっていないかとザッピングしているとき、ニュース映像の中で流れていただれかの顔に見覚えがある気がして、私はとっさに、リモコンを操る手を止めた。

「――日下《くさか》容疑者は、夜道を一人歩きしている女性に背後から自転車で近づいてバッグを奪うという同じ手口で、少なくとも十数件の引ったくり事件に関与している疑いが持たれており……」

キャスターのそんなナレーションを背景に、「派遣社員・日下僚一《りょういち》容疑者（23）」

というキャプションが振られた顔写真は、彫りの深い、痩せ形の若い男を写したものだった。

ニュースはすぐに別のトピックに切り替わってしまったが、私はその容疑者が、あの晩、私のバッグを強奪し、そのあとタイッつぁんが捕まえた男と同一人物であると確信していた。もっと詳しいことが知りたくて、ネットでこの事件について検索してみたら、この容疑者が起こしたと目されている引ったくり事件が、いずれも私の住んでいる街の内部および周辺で起きていることがわかった。

――グルではなかったのだ。

疑おうと思えば、いくらでも疑うことができる。日下容疑者はやはりタイッつぁんの手下かなにかであり、タイッつぁんは彼を使って何度も女性たちを襲わせ、あげく身代わりとして警察に差し出したのだと。私のバッグを奪い返したということを真実らしく見せかけるために、そこまで周到に芝居を打ったのだと。

でもそれは、かなり無理のある推測だ。それよりは、本当にたまたま、タイッつぁんがあの場に居合わせていたのだと考える方が自然だし、しっくりくる。その場合、問題は、そこに都合よく居合わせられるくらい、彼が地元でも私に始終べったりとつきまとっていたということなのだけれど、少なくとも、奪われたバッグを彼が取り返してくれたのは、まぎれもない事実だったのだ。

だとしたら、私のあの言い方はあまりに一方的だったのではないだろうか。つきまとい行動を非難したこと自体に非はないにしても、せめてひとこと感謝の言葉を述べてもよかったのではないか。どんな危険があるかもわからないのに、引ったくり犯に向かってためらいもなく突進していったあの姿は、そこだけ切り取って見れば勇敢だった。

かなり迷ったが、私は結局、タイッツっぁんにきちんとお詫《わ》びをすることに決めた。グルだと決めつけていたことを謝りたかったし、その上で、バッグを守ってくれたことについてあらためてお礼の気持ちを伝えたかった。それに、もしあの一件が原因で講座の勉強をやめてしまったのだとしたら、思い直すように説得したかった。たとえ自分にストーカー的にふるまった人物だとしても、受講生であるかぎり、添削課題や質問については、講師として分け隔てなく応じる意志が私にはあったからだ。

プライベートな問題なので、システム内のメール機能を使って連絡を取るのは避けたかった。私以外の講師も同じ受信ボックスや送信ボックスを使っているし、社員も見ようと思えば見ることができてしまうからだ。それで、少し抵抗はあったが、自分の携帯からタイッツっぁんに直接メールを打って、会いたい趣旨を伝えた。

そんなあれは俺が悪かったんですよ
でもそうですかじゃあお言葉に甘えて
嬉しいナかほり先生とプライベートで会えるなんて

すぐにそんな返信が来た。やっぱりちょっとキモいな、と思ったが、今さらあとには引けなかった。待ち合わせて会うからには、電話番号も交換しないと不自然なので、そうした。でも彼は、約束の日までおとなしく待っていた。用もないのに電話をかけてくるようなことはしなかった。

タイッつぁんが指定したのは歌舞伎町の喫茶店で、臙脂《えんじ》色のカーペットを敷きつめた、深夜も営業しているようなところだった。客の半分は、水商売の関係者か「その筋」の者という雰囲気である。私が到着したのは約束よりだいぶ早かったが、彼はすでにカーペットと同じ色のソファに深々と身を預け、ビールの入ったグラスを傾けていた。いつからここにいるのか、灰皿には、五、六本の吸い殻がある。

「あ、先生、こっちこっち！」

こだわらない物腰でそう言って私を呼び止めたタイッつぁんに、私はまず、深々と頭を下げて謝ってから、向かい側のソファに浅く腰かけた。そして、お詫びの品が入った紙袋を手渡そうとしたが、彼は私のその動きを見るや否や、「いいって！」と言って片手を振った。

「だからあれはね、俺が悪かったの。あ、あの野郎、逮捕されたんだって？　ザマーミロだよな。ま、あの件についちゃたしかに先生の誤解だったけど、無理もないって。だってさ、俺、こんな汚いオッサンだし、こんなのにつきまとわれちゃ、キモいだけだろ？　誤解のひとつもするって」

　どう返していいかわからなかったので、私はとにかくテーブルの上で紙袋をスライドさせて、気持ちなので受け取ってほしいと押しつけた。中身は、私自身も好きでときどき買っている〈まめかしや〉のスポンジケーキ〈満月〉の箱詰めだった。五十代のこういう男性に対して、こういう場合に、何をあげればいいのかまったくわからなかったのだ。最終的にはタイッつぁんも、「じゃあ」と言って納めてくれた。

　それに勢いを得て、私はもうひとつ、彼のために買ってきたものをバッグから取り出した。

「あの、これも……よかったら使ってください」

　手渡されたそれを、タイッつぁんは黙ってじっと眺めた。

「英和辞典です。それ、とても使いやすくて、英検の勉強などには向いていると思うので。もしすでに同じものをお持ちでなければ……」

「いや、俺が使ってんのは、ダチが学生時代に使ってたっていう古いやつだから。こんな立派なのは持ってないよ。ありがとう」

彼は、今度はばかに素直にそう言いながら辞書をケースから取り出し、短い指でパラパラとめくってみたが、ふと音を立ててそれを閉じると、少し寂しそうな口調でこう言った。

「でもせっかくだけど、あんまし使わねえかもな……」

「どうしてですか？」

タイッつぁんは答えず、はにかんだ子どもみたいに目を逸《そ》らした。

「あの、英検四級コースの勉強、中断してますよね。それって、私のことが原因ですか？　もしそうなら……」

「いや、そうじゃねえんだよ。そういうんじゃねえんだ」

彼は少し苛立ち、それまでよりも乱暴な口ぶりでそう言った。それはむしろ、今日も派手な柄のアロハシャツにレザー調の黒いパンツという出で立ちのこの男にいっそうふさわしい口調であり、その隠れた本性が滲《にじ》み出ているようで、私はちょっと怖かった。それを気取《けど》ったのか、彼は急いで態度を和らげながら続けた。

「それとは関係なしに、ただ、やっぱ無理があったかなって。もともとガラじゃねえんだ、英語なんて。学生の頃は、月曜日から日曜日まですら英語で言えなかった男だからさ」

「それじゃ、そもそもどうして、英検の通信講座を受けようなんて……」

それは、私が前々からこの人に訊《き》いてみたかったことだ。いくら想像を逞《たくま》しくしても、私にはそれがわからなかったのだ。本人と顔を合わせるようになってからは、謎がさらに深まったような気がしていた。

タイッつぁんは自嘲するように短く鼻で笑い、しばしためらってから、「兄貴がね」と言った。

「昔世話になった兄貴が、あるときすっぱり稼業から足を洗って、俺はアメリカに行くって言い出したのよ。西海岸にね。そこでビジネスを興すんだって」

兄貴というのが、血縁上の「兄」を指すのでないことは、すぐにわかった。

「みんな半信半疑だった。そんなこと言ってこの人、ただ単に余罪の追及を逃れるために海外にトンズラ決め込もうとしてるだけなんじゃねえかなって。ところが何年かしたらハガキが来てさ、ロサンゼルスの——百万ドルの夜景っていうの？　その写真が載っててさ、ビジネスが軌道に乗ったって言うんだよね。運送業だかなんだか、詳しいことはわかんないけど、ちゃんとしたカタギの仕事でね」

一人や二人の面倒なら見られるから、来たかったらおまえも来い。ただし、英語ができないと話にならないので、英語をしゃべれるようになってからだ。「兄貴」はそう言って、タイッつぁんをＬＡでの暮らしに誘ったという。

「そのハガキの夜景がまたきれいでさ、憧れたね。兄貴、こっちじゃさんざん悪事働いてきたくせに、こんなきれいな外国の街で成功しやがって、ちゃっかりしてんなって思ったよ。もともとちょっと学のある人なんだ。親とハワイに住んでたこともあるから英語もできてさ。俺も英語さえできれば、今みたいなチンケな暮らしからおさらばできんのかなって。人のパシリばっかして、刑務所出たり入ったりの人生だったけど、そういうもんから完全に解放されて、真人間として再出発できんのかなって」

そう思ったタイッつぁんは、ＬＡ行きを目指すことに決め、まずは「兄貴」からのハガキに似た「百万ドルの夜景」を写している巨大なポスターを買ってきた。そして、毎日寝るときと起きるときに必ず目に入るようにベッドのそばの壁にそれを貼り、そこで暮らすことを「イメトレ」した。六畳ひと間のアパートの、タバコのヤニで黄ばんだ壁に、ＬＡを覗ける大きな「窓」を作ったのだ。

もちろん、英語を身につけようという努力も、それから何年にもわたって何度となくしてきたようだ。ただ、市販のテキスト程度では埒《らち》が明かないし、CDを聞き流すだけという聴覚教材はすぐに飽きてしまう。かといって英会話スクールに入ろうにも、「こんな見かけだから」敬遠される。そうして挫折を繰り返したあげく、最後に選んだのが、エクセル・グローブの通信講座だったというわけだ。

「中学中級レベルだっていうから、それなら俺でもなんとかなるかなって。そしたら、なんだかかほり先生とかいう若いお姉さんが、手取り足取り教えてくれるじゃないの。こいつは楽しいなって思ったね。これなら俺にも続けられるんじゃないかなって」

タイツつぁんはそう言って顔をほころばせながら、グラスに残ったビールを飲み干した。

「だったら……まだ続けられるじゃないですか」

そう言いながら私は、彼が送ってきたメールの数々を、その中を満たすセクハラ発言の数々を、そして、とんちんかんだけれど変に熱心な質問の数々を思い出していた。

「続けてください。私とのことは気にしないで。質問メールも、添削課題も、出してくれれば、私、これまでどおりちゃんと見ますから。もったいないですよ。これまで勉強してきた分を無駄にしないで」

やめないでほしい。私はいつしか、心の底からそう思うようになっていた。きっかけはなんだってかまわない。熱心に勉強するようになった理由が、講師である「若いお姉さん」とメル友気分を味わえるからという少々不純なものであったとしても、それがなんだというのか。英語を話せるようになりたいと思ったその気持ちを、そしてそれを通じて「再出発」を図ろうとしたその気持ちを、簡単に捨ててほしくなかった。

でも、私がその思いをうまく言葉にできずにいる間に、タイッつぁんは話を終わりにしてしまった。

「そう言ってくれるのはありがたいけどさ、やっぱ向いてねえみたい。俺には無理なんだって思い知らされたよ、英語も、真人間になることも。もうこういうのやめてってあんたに叱りつけられたとき、目が覚めたよ。あんたともっと親しくなれれば勉強にももっと身が入るかな、なんて思ってたけど、そうまでしなきゃ続かないようなら、しょせん半端な気持ちだったたってことだろ。それでも……」

タイッつぁんはいったん口を閉じ、言葉を探すようにテーブルに目を落としてから、再び唇を開いた。

「それでも、楽しかったよ、あんたのもとで英語勉強できて。だからこの辞書は、あんたとの出会いの記念品としてありがたくもらっておくよ。白根かほり先生――世話になりました！」

そう言って上半身を深く折り曲げるなり、タイッつぁんは立ち上がった。そして、いろいろもらってしまったからせめてこれくらいは、と伝票を取り上げ、そのまま階段に向かっていった。何を言えばいいのだろうと焦り、ようやく思いついて口にした「お元気で」という短いひとことに、彼は振り向きもせず階段を下りながら、伝票を持った右手を高く掲げて応えた。その手もやがて、階段の陰に呑《の》まれて見えなくなった。

それが、最後に見た小柴太一の姿だった。

6

それから、ざっと半年が過ぎた。

その間、折々に私は、タイッつぁんのことを思い出していた。そしてまた突然、気まぐれを起こしたように、思わず脱力させられるような、そしてセクハラ発言込みの質問メールをよこしてくるのではないか、と心のどこかで期待しつづけていた。

でも、タイッつぁんが再び質問メールを送ってくることは、ついになかった。添削課題も、四回分残して提出が止まったまま、一年間の学習期間が終了していた。もしも今仮に、タイッつぁんが私に質問メールを送ろうとしてシステムにログインしても、「学習期間が終了しています」というメッセージとともに、リクエストが却下されてしまうはずだった。

エクセル・グローブの通信講座の受講料は、月謝制ではない。テキストのどこまで学習を進めようが、添削課題を提出しようがしまいが、学習期間は最高十二ヶ月までと決まっているし、一括か分割かを問わず、一律二万八千円の受講料の支払い義務は、受講した瞬間に発生している。だから、たとえタイッつぁんが途中で学習を放棄したとしても、本人が受講料を踏み倒さないかぎり、エクセル・グローブにとっては一銭の損にもならない。

頭ではそれがわかっていても、すっきりしない部分が残っていた。会社としての儲《もう》けとは無関係に、受講生に学習を最後までまっとうさせるのが講師としての本分だという考えもあったし、ことタイッつぁんに関しては、むしろ自分が原因で挫折に導いてしまったのではないかという苦い思いを拭いきれずにいたからだ。

しかし、あのとき、あれ以上引き留めたとしても、タイッつぁんは首を縦には振らなかっただろう。教室という場で生徒たちと毎日対面している学校の教師と比べて、通信講座の講師は驚くほど無力だ。本人がもうやめると心に決めてしまったら、基本的には、もはや抗《あらが》う術《すべ》もない。

せめて、元気でいてほしい。そしていつか、エクセル・グローブとは違うチャンネルを通じてでもいいから、英語を話せるようになってLAに渡るという夢を叶《かな》えてほしい。私のそんな遠い祈りにどれだけの力があるのかはわからなかったが、そう思わずにはいられなかった。

そして十二月が来て、一月の一次試験に向けての添削課題提出のピークが訪れていた。再び忙しい毎日を送る中で私は、今年のクリスマスはどうしようかとぼんやり考えはじめていた。商社時代につきあっていた彼氏と別れてからこのかた、忙しくて異性と親しくなる暇もなかった。今年もまた、彼氏のいない女友達何人かと、虚《むな》しいイブを過ごすのだろうか。

そんな気持ちを逆なでするように、私のもうひとつの職場であるファミレスも、一週間ほど前からクリスマス向けのイルミネーションを入口付近にディスプレイしていた。そうでなくても、私はその日、ここのアルバイトに出るのが憂鬱だった。疲れきっていて、フロアを何時間も駆けずりまわれる自信がなかったのだ。

ただ、エクセル・グローブの繁忙期には、三日に一度くらいしか出勤できない。店長に無理を言って調整してもらっているのに、休むなんてもってのほかだった。ベッドで眠りたいと叫ぶ体に鞭《むち》打つようにして、夜の八時からのシフトに入っていた私は、十時半からの休憩時間も、女子更衣室のベンチにしゃがみ込んで睡魔と闘っている始末だった。

そのとき、手に取るだけ取っておいていじってさえいなかった携帯が、突然振動を始めたのを感じて、私は眠りの淵《ふち》から一気に引き上げられた。

０３から始まる見慣れない番号が表示されている。少し迷ってから通話ボタンを押して、ただ「はい」とだけ言ってみたところ、ひどく聞き取りづらい声が、白根かほりさんの携帯でまちがいないですか、白根かほりさんご本人ですか、と畳みかけるように質問を投げかけてくる。

何度か問答を取り交わした結果、ようやく、相手が都内某警察署の刑事だということがわかった。警察？　警察が私にいったいなんの用だろう。それに、どうして私の携帯の番号を？　頭の中にいくつもの疑問符が浮かぶのと同時に、なにか不吉な予感のようなものが体の底から突き上げてきた。

「失礼ですが白根さんは、学校の先生でいらっしゃいますか」

刑事が、まるで警察無線を通して割れたような声でそう言った。

「いえ、あの……学校というか、通信講座の講師はやっておりますが」

「あのう、生徒さんで、小柴太一という人はいますでしょうか」

心臓が止まったかと思った。その名を忘れるはずはなかった。

とっさに頭をよぎったのは、タイッつぁんがなにか法に触れる行為でもやらかして、私がその関係者として疑われているのではないかということだ。しかし刑事が続けて言ったのは、それとはまったく別のことだった。

「その小柴さんがですね、先ほど某所で暴力事件に巻き込まれて、瀕死《ひんし》の重体で運び込まれまして。現在、救命処置を受けてるんですが、意識があるうちに、近場にいらっしゃるお身内の方として白根先生のお名前を連呼してまして。この電話も、本人の携帯の登録データを見てかけているんですが」

ついては、これから警察病院まで身元確認に来てほしいという。まったく予想の範囲を超えた事態に私はパニックを起こしかけていたが、やがて気を持ち直して、店長に率直に事情を明かしたところ、仕事はどうにか残りのメンバーでこなすから、すぐに向かうように言われた。

お身内、と言われても当惑するばかりである。家族や友人など、もっと親密な間柄の人がいないのだろうか。しかし、指名されてしまった以上、行かないという選択肢はなかった。

　指定された病院に着いたときには、すでに日付が変わるまで間もない時刻になっていた。夜間受付で名乗っていると、そばの暗がりに立っていた五十がらみの男性が、白根先生ですか、と声をかけてきた。電話をかけてきた刑事だった。

「驚きました。恩師という話だったもので、もっと年配の方かと……」

　通信講座云々という部分は、どうやら聞こえていなかったようだ。

　私は彼の案内で、薄暗い廊下を進み、エレベーターに乗って地下に降りた。

　地下？　そのことを怪訝《けげん》に思うと同時に、刑事が、「まことに残念ながら」と言いながら、ドアのひとつを指した。

　霊安室だった。

　そのことをどう考えていいのか、私にはわからなかった。

　寝台の上に、白い布をかけられた人の形の山があった。刑事が、顔の上から布を取り去り、私に確認を求めた。

　まちがいなく、タイッつぁんだった。

　死ぬ前に受けた「暴力」のためなのか、顔の輪郭が歪《ゆが》んでいて、上下の顎もうまく嚙《か》み合っていないように見えた。薄くなった髪の毛の半分ほどが、血糊《ちのり》で固まっているのがわかった。でもその表情は、青ざめてはいても、意外なほど安らかだった。

「はい、小柴太一さんです。でも私は……」

私は本来、故人にとって、ここに呼ばれるような間柄の人間ではないのだ。そういう意味のことを言おうとした矢先、私は、寝台脇の、線香を立ててある台の上のビニール袋に目を留めた。

「故人の所持していたものです。財布と鍵と免許証と、たいしたものは……。所持金もわずか数千円で……」

その説明を、私は聞いていなかった。よれよれの財布を包み込むような形に丸まったB5大の冊子が、目の中に飛び込んできたからだ。表紙はぼろぼろになって取れかかってはいたが、黄色とブルーを基調としたそのデザインは、見紛《みまが》いようがなかった。

私は思わずそれを摑み取って、ビニール袋から取り出した。

「英検4級アタックコース」の、テキスト第二巻だった。

「ああ、それは、革ジャンのポケットに突っ込んであって。なにかの教材ですかね」

テキストの裏表紙は、血の乾いた痕で赤黒く汚れていた。ページをめくると、あちこちの余白に、鉛筆やボールペンの汚い字で無数に書き込みがあった。スキットの登場人物のイラストに稚拙ないたずら描きを施しているページもあったが、まじめに勉強をしていた形跡もたくさんあった。

〝weather〟という単語の脇に「ウェアゼア？」と書いてあった。末尾にクエスチョンマークがついているせいで、それは私に対する質問に見えた。私は、心の中で答えた。それは〝ウェアゼア〟ではありません、〝ウェザー〟と読みます。ちなみに天気図のことは〝weather map〟といいますが……。それ以上、私は心の中でさえ続けることができなかった。気がついたら、丸まったテキストを握りしめて嗚咽《おえつ》を漏らしていたのだ。

いったい私は、講師として、この人に何をしてあげられたのだろう。死の瞬間まで英検コースのテキストを手放さなかったこの人に対して、してあげられることがもっとほかになかったのだろうか。もっとうまいやり方があったはずだ。せめてあと少しだけ私に大きな度量があり、せめてあと少しだけ、受講生の秘めた動機や情熱を読み解く洞察力があれば。

私は空いている方の手で目を拭い、涙を押し止めようと努めながら、力を振り絞るようにして心の中での説明を続けた。――では、〝map〟だけだとどういう意味になるでしょう？　地図ですね。では、これと形が似ている〝lap〟は？　膝のことです。「ラップトップパソコン」などといいますね。英単語は、こんな風に、たがいに関連づけて覚えると楽しいですよ。

じゃあかほり先生、おっぱい丸出しのことをなんで「トップレス」っていうんですか？

天国のタイッつぁんが、鼻の穴を膨らませながらそう訊いてきた気がした。今なら、少なくとも、この涙が引いてからなら、笑顔でそれに答えられると私は思った。

金環日食を見よう

青井夏海

青井夏海（あおい・なつみ）
千葉県生まれ。慶應義塾大学経済学部卒業。1994年、『スタジアム 虹の事件簿』を自費出版して話題に（のちに商業ベースで刊行）。著書に、助産師探偵シリーズ『赤ちゃんをさがせ』『赤ちゃんがいっぱい』『赤ちゃんはまだ夢の中』、『そして今はだれも』『シルバー村の恋』『雲の上の青い空』などがある。

「だめですね」

にべもなく言い放つ銀木《しろき》館長を前に、赤石尚子《あかしなおこ》は口を半開きのまま立ちつくした。

「そんなイベントに許可は出せません」

半開きの口から次の言葉が出るのを封じるように、館長は重ねて言った。

その情報を耳にしたのは二ヵ月余り前。その日最後の投影を終え、ほっと一息つきながら、プラネタリウムの入口で配る「今月の星空」というプリントの、十一月号の仕上がりを確認していた時である。

「縮小？」

プリントもそっちのけで、尚子たちは、穴蔵のような天文資料室のいちばん奥にある森山《もりやま》主任のデスクを取り囲んだのだ。

二年後の秋に全面改修に着工、翌春リニューアルオープンが予定されている、関東南部の小都市、日盛《ひざかり》市郷土資料館。郷土の地形や出土品、歴史、自然などを紹介する常設展示室、ほぼ二ヵ月ごとに企画を変える特別展示室といった従来のコーナーに加え、ミニ講座や集会に使える学習室、地元関連書籍を閲覧できる図書室、画展や写真展が開けるギャラリーなどを新設し、より充実した生涯学習の場を提供するのが狙いだという。

定員わずか五十名、それも折りたたみ椅子を並べただけのおもちゃの家みたいなプラネタリウムも、その計画に伴い、直径二十メートルのドームスクリーンに最新鋭デジタル映像システム、定員二百十名という立派な施設に生まれ変わるはずだった。

それが――縮小？

「いや、規模に変更はないらしい」

四十代と聞くと誰もがびっくりする童顔の森山主任は、三人の部下のほか誰もいないのに内緒話のように声を低めた。

「じゃあ、何が縮小されるんですか？」

メンバーの姉貴分にしてサブリーダー格の海原《かいはら》さんが、皆を代表するようにたずねる。

「プログラム」

「プログラム？」

「そう。生解説付きの星空投影を廃止して、全天周映画の上映だけにする。生解説は特別なイベントの場合に限り、適宜人を手配して行う。と、リニューアル以降はそういう形にしてはどうかって話になってるらしい」

「映画だけって……」

　思わず海原さんを押しのけて、尚子はデスクに身を乗り出す。

「それじゃただのドーム型映画館じゃないですか。プラネタリウムの意味ないですよ」

「しかし、まあ、映画に絞ってうまくいってるところもあるのは事実だからね」

「それは都会の、娯楽施設としてのプラネタリウムの話でしょう。アロマの香り漂う癒やし空間、とか。デートスポットに最適、とか。それはそれでいいですよ。でも、本当に星の好きな人はそんなところには行きません」

「彼氏のいない人もね」

　チーム最年少、といってもまもなく三十になるはずの菜花《なばな》君が、自分ではとても当意即妙のつもりらしい茶々を入れ、

「悪かったわね」

　と、尚子より先に海原さんににらまれる。

彼氏なんかいてもいなくても、新しいプラネタリウムができたと聞けば尚子も行かれる限り行ってみる。世界のプラネタリウムめぐりを夢見て、それにはまず語学と、英会話スクールに熱心に通った時期もあるくらいだ。結局、基礎力なくして会話だけ身につけようとしても進歩がないことを悟り、今は地道に通信添削講座で英検の勉強をしている。ましてや同じ日本の、首都圏のプラネタリウムで、一度も行ったことのないところは数えるほどだ。デートスポットに最適の癒やし空間として、近頃東京で話題の新世代プラネタリウムにだって、もちろん開館早々足を運んでいる。

大スクリーンで見る全天周映画は確かに迫力だ。空飛ぶ椅子で宇宙を駆けめぐっているような錯覚さえ覚える。日盛市郷土資料館プラネタリウムでも、リニューアル成った暁にはそんな映画が上映できるようになるのだ。より多くのお客さまにプラネタリウムの存在をアピールするチャンス——と胸躍らせていたことは尚子も否定しない。

でも、映画はあくまで従。解説員が生の声、生きた言葉でお客さまを星の世界へ誘《いざな》う星空投影こそ主であり、プラネタリウムの命。それがまるっきり逆だなんて。何もわかっていない上のほうのおじさんたちが、ウチでも全天周映画とかいうのをやれば箔《はく》がつくんじゃないか、くらいのノリで言い出したこととしか思えない。

「それって、もう決まりなんですか？」

尚子よりはずっと冷静に、海原さんがたずねた。

答えようとして、主任はふと出入口のほうへ目を移した。振り返ると、廊下に向けていつも開放しているドアから、プラネタリウム担当の市職員、戸島《とじま》さんがファイルを抱えて入ってくるところだった。

「なんかまずいとこへ来ちゃいました？」

公務員というよりは体操のお兄さんを思わせる丸い笑顔の戸島さんは、いっせいに見つめられてとまどったように足を止めた。

「いや、先日うかがった話をしてたんですよ。もう決定なのかな、と」

と、森山主任。

「ああ――リニューアルのね」

少しだけ気まずそうに、戸島さんは抱えていたファイルを一つ一つ資料棚へ戻しにかかった。

「僕も噂《うわさ》として聞いただけですから。決定ではないと思いますけどね」

「どこから出てきた噂なんですか？」

尚子の問いに、戸島さんはいっそう困った横顔で、

「さあねえ。出所がはっきりしないからこそ噂なわけで」

「生解説には適宜人を手配するって話ですけれど。天文ボランティアの方にお願いするとか、そういう意味ですか？」

「だから、わからないんですよ、まだ何とも」

「最終的に決めるのは誰なんですか。協議会？　教育委員会？　市議会とか？」

「うーん、いろいろな意見を集約して決めるんだろうと思いますけど……」

すべてのファイルを棚に戻してしまった戸島さんは、一歩、二歩とあとずさりしながら、

「とにかく、着工は二年も先だし、リニューアルオープンはさらにその先なんだし。今の段階では何ともいえないことにあれこれ気を回してもしょうがないんじゃないですか？　正式に何か決まれば、当然通知があるはずですしね」

言い終えたところでちょうどドアにたどり着くと、素早く身をひるがえして出て行った。

まず海原さん、次いで菜花君と、尚子は顔を見合わせた。

考えていることはたぶん同じだった。戸島さんは、市の職員だからそれでいい。仮にプラネタリウムがなくなろうと、郷土資料館そのものがなくなろうと、職を失うことはない。

尚子たちは違う。市職員でもなければ日盛市民ですらない。東京の「うごもりビル管理」という、およそプラネタリウムとは関係なさそうな会社のきわめて地味な一部門、プラネタリウム事業課に属する会社員だ。日盛市郷土資料館は、そのうごもりビル管理が業務委託を受けている相手先の一つ。尚子たちはそこに常駐して、プラネタリウム業務全般を請け負っている。首にかけたＩＤの肩書きは、「プラネタリウム解説員」――解説は業務のほんの一部ではあるけれど、仕事は何かと聞かれたら、解説員。ほかの業務は代われても、コンソールで縦横無尽に機器を操りながらの生解説だけは、一朝一夕に誰とでも代われるものではないと思う。

リニューアルにあたっては、うごもりビル管理も当然、コンサルティングの役割を担っている。現場の尚子たちも、ここで今までどおり、いや、今まで以上に多くのお客さまをお迎えできるものと信じて疑わなかった。

その解説の仕事を、もういらない、と言われたら……？

「作戦会議、やりましょう」

海原さんが決然と言った。

「限界なんじゃないですかね、パターン自体が」

　おろし大根ハンバーグをナイフでぱっくり二つに割りながら、最も率直な意見を述べたのは菜花君だった。

「十月二十六日水曜日、今日の日盛市の日の入りは午後四時五十四分。だんだんあたりが暗くなり、空には星が輝き始めました。星座を見つけるにはまず北極星を探してみましょう――って、ネットで誰でも皆既月食のリアルタイム動画が見られる時代に、わざわざプラネタリウムで十年一日のごとく代わり映えのしない解説を聞いてくれといっても、そりゃ無理がありますよ」

　マイカー通勤の森山主任の車で乗りつけた、バス通り沿いのファミリーレストラン。何を食べても太らないというううらやましい体質の海原さんが、カロリーの権化のようなカルボナーラをくるくるとフォークに巻き付け、

「もっと単純な問題のような気もするけど。リニューアルで定員が一気に四倍になるんでしょう。最新鋭デジタル機器は導入しました、お客さまは入りませんでしたじゃ税金の無駄遣いのそしりは免れない。ついては全天周映画を前面に打ち出して話題作りをしようじゃないかという」

「だからって生解説全廃なんて本末転倒ですよ。そこをわかってもらわないと」

　と、尚子はまだしもカロリーが低いはずのペペロンチーノを口へ運ぶ。

「定員二百十名ってのは大きすぎるのかもしれないなあ」

　さわら西京焼き定食の主任が、お味噌《みそ》汁を箸でかき回しつつ、

「生解説の良さを生かすには、五十名くらいがちょうどいいのかもしれない。その意味では、リニューアルもよしあしだよな」

「けど、今時あの折りたたみ椅子はなんとかしてほしいですよ。首が痛くなっちゃって三十分以上は耐えられないもの」

　菜花君の現実的な言葉に主任もうなずく。

「とにかく、戸島さんの言うとおり、どうなるかわからないことについてあれこれ言っていてもしょうがない。今考えるべきは、生解説あってのプラネタリウムといいながら、普段の仕事が惰性になっていなかったか。やっぱりプロの解説を聞きたい、とお客さまに思っていただけるようなプラネタリウムにするには、何ができるかということだ」

　議事進行。海原さんが真っ先に、

「来年、二〇一二年は、話題には事欠きませんよね。五月二十一日の金環日食。六月六日の金星日面通過。八月十四日の金星食――何かイベントに結びつけられないかしら？　毎度おなじみの観測会とか、そういうのじゃなくて」

菜花君が口いっぱいのハンバーグを急いで飲み下し、

「けど、われわれがすごい話題だと思っていても、一般の人にはピンと来ないってことはよくあると思うんです。天文おたくだけが盛り上がってる、みたいな？　金星日面通過なんて何がおもしろいのかさっぱりわからない、という層に訴えなきゃお客さんは増やせませんよね。結局、小むずかしい解説より映画ってことになっちまう」

その評論はもっともだ。

しかし、じゃあどうするのかという提案が菜花君の口から出ることはめったにない。ちょっとしらけた顔で海原さんが残り少ないカルボナーラをお皿の一ヵ所にかき集め始めた時、

「遅くなりましたー」

文香《ふみか》さんが現れた。土日限定勤務のパートタイム解説員で、尚子たちのチームで唯一の日盛市民。小学生の娘さんがいるので、平日夜には原則家を空けられないが、無理じゃなければ来て、とメールを入れておいたのだ。

ご主人が早く帰ってきたので、あとをまかせて自転車を飛ばして来たという文香さんは、海原さんと尚子が詰め合わせてスペースをこしらえたソファシートに身を滑り込ませると、

「夕飯は済ませて来たから、デザートをいただいちゃおうかな。尚子さん、何か注文しました？」

「そそのかさないでよ」

憎らしいことに、文香さんもまた、食後のチョコレートパフェくらいではびくともしないスリムなボディの持ち主なのだ。

半ばやけっぱちでパフェを付き合いながら、ここまでの経緯を説明すると、

「生解説がなくなっちゃうなんて、それは悲しいですよね」

サークル活動帰りの女子大生といっても通用しそうな若いママの文香さんは、スプーンの柄に付いたチョコレートソースを舐《な》め舐め、

「イベントねえ……何ができるでしょうね」

と、しばし考え込んだ。

「ありきたりなことしか思い浮かびませんけど。プラネタリウムの未来のためなら、やはり子どもにアピールするのがいちばんじゃないでしょうか」

「お。さすがお母さん」

年下のくせに文香さんにだけは当然のようにため口をきく菜花君が、

「けど、子どもなんて昼間は学校だし夜は塾だし、どういうイベントをやるかってい

うと案外むずかしいよな」

　と、さっそく難点を指摘する。

「日食なら夜じゃないわよ」

　と、カルボナーラを食べ終え、本格的戦闘態勢に入った海原さん。

「五月の金環日食は、午前七時台よね？」

「ええ。食の最大が東京で七時三十五分。このへんなら一、二分早いくらいですね。でも、平日ですよ。確か、月曜」

「文香さん、学校って何時頃始まるの？」

「娘の学校は、八時二十五分に予鈴です。市内の小学校はだいたい同じはずですよ」

「なら、太陽のリングを見届けてから行っても間に合うわよね」

「でも、それじゃ結局、ただの観測会ですよね」

　まるで悪気なく菜花君は先輩をやりこめる。

　それを聞いていて、ふと、尚子の頭にひらめくものがあった。

「お泊まり会っていうのは？」

「お泊まり会……？」

　菜花君が突っ込みどころを探そうとするように目を光らせる。尚子はひるむことな

く、

「プラネタリウムに泊まろう、っていうのはどうでしょう。日曜の晩、屋上からみんなで星空を眺めたり、コンソールの実演を見てもらったりしてすごすんです。眠るのは五月二十日の夜空を映したドームの下。夜が明けたら金環日食の観測。学校の用意をしてきてもらって、その足で登校すれば授業にも間に合うでしょう」

「……すてき。尚子さん、すてき。うちが参加したいくらいです」

まず文香さんが、夢見心地で言った。森山主任も、

「そういえば、アメリカの博物館にはそういう子ども向けプログラムがあるって聞いたことがある。スリープオーバー、だったかな」

「日本だって、水族館でやってるじゃないですか。親子でお泊まり、なんてすごい競争率で、なかなか当たらないらしいですよ」

と、海原さん。最後に菜花君が、

「つまり、パクリ企画ですね。単なる観測会よりはだいぶましなんじゃないですか」

菜花君がだいぶましと言うなら百人力だ。

その夜は遅くまでファミレスに居座り、ああでもないこうでもないと五人でアイデアを出し合った。

そして翌日、森山主任から戸島さんに相談を持ちかけると、

「おもしろそうですね。なるべくご協力できるように調整してみますよ」

と、戸島さんも約束してくれた。

それでほぼ九割方、企画は通った気でいた。

だから、年が明けて館長室から呼び出しを受けた時、たまたま手の空いていた尚子がごく軽い気持ちで出向いたのだ。企画の詳細を確認したうえで、正式なゴーサインが出るものと信じて疑わず。


「そんなイベントって――」

半開きの口からようやく言葉が出た。

許可は出せない、と言われたことよりむしろ、そんな呼ばわりのほうが尚子には衝撃だった。

「ちょっと待ってください。詳しい内容も聞かずに――」

「内容なら戸島から聞いていますよ。親子限定企画・プラネタリウムに泊まって金環日食を見よう、でしたね」

館長室、といっても大部屋をアコーディオンカーテンで仕切っただけの細長いスペ

ース。これはさすがに改修で立派な個室にしてあげたいと、この局面でも願わずにはいられないほど殺伐とした空間だ。

郷土資料館の館長は、昨年度までずいぶん長い間、県史の編纂《へんさん》などにも携わった経歴を持つ考古学の先生が務めていた。その先生が体をこわして引退してから後任が決まらず、やむなく市の生涯教育課から差し向けられてきたのが銀木館長だった。学者でもなければ学芸員でもなく、要は戸島さんと同じ市職員。便宜上館長と呼んでいるが、厳密にいえば、適任者が見つかるまでの館長代行という形になっているらしい。

「どういった点が問題なんでしょうか」

何も載っていないデスクの前に尚子を立たせたまま、館長は眼鏡の奥の無表情な目を向ける。

「郷土資料館は宿泊施設ではありません」

「それは、そうですが。アメリカでは——」

「日本はアメリカではありません」

「日本でも、水族館などで——」

「それは私企業の話ですね。市の公共施設を同じ次元で論じることはできません」

とりつく島もない。前の館長がけっこうなお年だっただけに、相対的にはずいぶん若く見える現館長だが、それでも五十は優に越えているだろう。菜花君くらいの子どもがいたっておかしくない。尚子に対しても、小娘とはいわないまでも、しょせん外部スタッフ、だめなものはだめと言い捨てれば引き下がるものという侮りがありありと感じられた。

だが、思いどおりになるわけにはいかない。

「市の公共施設だと、なぜお泊まり企画はだめなんですか」

「簡単なことです。参加した子どもさんに何かあったら、あなたに責任が取れますか」

「ですから、親子限定にしています。お子さんには保護者が責任を持つようにしていただければ――」

「それでも、市の施設で何かあれば、市民のみなさんは市の責任ととらえます。そして、そのイベントに許可を出したのが市である以上、責任を免れることはできなくなります」

責任、責任、責任。さすがは役所だ。

「何かって、たとえばどんなことがあるとお考えなんでしょうか。火を使うわけじゃなし、ただ星を見て寝て起きて、金環日食を観測しましょうというだけなんですよ」

「食事はどうします。お泊まりとなれば、夕食と朝食の二食。夕食は各自で済ませて来ていただくとしても、日食当日の朝食は？」

「ご希望の方には実費で手配するつもりですが……おにぎり弁当とか、簡単なものになると思いますけれど」

「食中毒が出たらどうします」

「えっ――生ものを出すわけではないですし、まだ五月のことですから、そこまでは」

「出たらどうするかとうかがっています」

「そんな低い確率のことは――起こらないように細心の注意を払うとしか――」

しどろもどろになる尚子に、館長はなおも、

「それだけではありません。一晩の間に、子どもさんのいたずらで投影機やコンソールを壊されてしまったらどうします。ほかの部屋には施錠しておくとしても、廊下にも展示物があります。万一のことがあった場合、いくらあなたが責任を取るといっても負いきれるものではありませんよ」

「でも――でも、夜間でも観測会には屋上を使わせていただいているじゃないですか？　お子さんを連れてくる方もいらっしゃいます。その延長線上として認めていただ

だくわけにはいかないでしょうか。金環日食はしょっちゅう見られるものじゃありません。同じ地点で中心食が見られるのは三百五十年に一度といわれるくらい珍しいものです。三百五十年に一度の特例と思って——」

「だから、見ればいいじゃないですか。プラネタリウムに泊まる必然性がありますか」

「日食は午前六時過ぎから始まります。朝早いんです。金環食が見られるのはだいたい七時半から五分間程度。前の晩から泊まっていたほうが、短いチャンスに余裕をもって観測してもらえます。それと、やはり自然現象ですから、残念ながら雨で見られないということもありえます。その場合でも、プラネタリウムに泊まって星空のドームの下で眠ったという思い出は残ります。金環日食をきっかけに、子どもたちにプラネタリウムのかけがえのない思い出を作ってほしいんです」

「子どもさんたちのため、ね」

館長は眉一つ動かさなかった。

「ではうかがいますが、プラネタリウムには何人くらい泊まれますか」

「え……と、ドームの直径が七メートルですから単純計算で四十平方メートル強、一人一畳、親子で二畳のスペースをみるとして、十組二十名というところかな、と」

「十組。日盛市の中でもたったそれだけしか恩恵を受けられないのに、子どもたちのためなどといえるのでしょうか」

「……それは」

「きょうだいがいたらどうします」

「は？」

「お母さん一人に子どもさん二人。お父さんとお母さんに子どもさん三人。そういう形では参加できないわけですよね。親子でお泊まりといえば聞こえはいいが、実際には多くの市民にとって現実的ではない、不公平感のある企画ということにはなりませんか」

「それは、それぞれのご家庭で話し合って、としか――」

「寝具はどうします」

「あ、それは各自で寝袋や毛布をご持参いただいて」

「アメリカならともかく日本では、寝袋などというのは、よほどアウトドアが好きなご家庭でもない限り誰もが持っているものではないでしょう。特定の持ち物を用意できるかどうかで、参加できるかどうかが左右されるような企画は、やはり公平とはいえません」

今度は公平・不公平か。そんなことを言い出したら何もかもが不公平だ。同じ日盛市内でも郷土資料館から遠い人は交通費が余計にかかるから不公平。独身者は親子企画の対象にならないから不公平と思う人だっているかもしれない。

要するに、館長はお泊まり企画を認めたくないのだ。初めに結論ありきだから、どうすれば実現できるかという話には決してならないのだ。

「あの――今日は森山も不在ですし、もう少し日をおいてあらためて話し合うということではいかがでしょうか。それまでにこちらでも、今ご指摘いただいた点について検討し直して参りますので――」

「同じ話を二度する必要はありません」

館長は冷たく言い放った。

「森山さんにはこうお伝えいただければ十分でしょう。郷土資料館は市の予算と計画で動いています。プラネタリウムの都合では動きません」

館長は立ち上がり、デスクの脇をすり抜けると、手をうしろに組んで尚子の横に立った。

「そもそも、変わっていると思いませんか。郷土資料館にプラネタリウムなんて」

「そうは、思いませんが……」

意外な距離の近さにたじろぎながらも、尚子は気持ちを奮い立たせて、

「方角を知ったり、暦を作ったりするのに、星は日本人にとっても昔からなじみの深いものでした。特に日盛市は、石器時代の出土品も出ている古い土地ですし、星にちなんだと思われる地名も残っています。歴史と星とは切り離せないと思います」

「そんなことはパネルにでもまとめて展示すれば済むのではありませんか。プラネタリウムが必要ですか。星なら見たい人が勝手に見ればいい。現物が空の上にいくらでもあるんですから。資料館では、資料館でしか見られないものを展示しています。プラネタリウムだけが、莫大《ばくだい》なコストをかけて、外へ行けば見られるものをわざわざ天井に映している」

言葉もなく見返す尚子の視線をはずすように、館長はゆっくりと背後へ回った。

「日盛市のような小都市に分不相応なプラネタリウムがあるのは、実のところ古代史などとはあまり関係がありません。あなたのような若い人、それもよそから来ている人はご存じないでしょうが、戦後まもなくの頃から日本を代表する自動車メーカーの生産拠点があって、税収には事欠かなかったから造ることができた、それだけです。バブルの崩壊とともにその工場が閉鎖されてからは、プラネタリウムに限らず、税収のおかげでできた各種公共施設は維持費がかさむばかりで時代遅れになる一方だった。

今回ようやく郷土資料館に改修の予算がつくまでには、もうプラネタリウムはやめようかという話もありました」

「えっ――」

「それをあえて残して、全天周映画を上映できるような最新鋭設備にするのはなぜだと思いますか。郷土資料館を、堅苦しいお勉強の話ばかりではない、家族で休日を楽しめるような憩いの場にしたいからです」

やっと思い至った。

生解説を全廃して、映画のみにするという噂の出所。

「館長のご意見なんですか……星空解説を廃止するというのは」

回れ右して尚子は館長に向き直った。

「おや。そんな話があるんですか」

とぼけた返事が返ってくる。

「私の意見で決められることなんてありませんよ。私は郷土資料館の責任者ではあっても、権力者ではありませんから」

それだけ言うと、館長はゆっくり出入口に歩み寄ってドアを開け、お帰りはこちら、というように片手を廊下のほうへさしのべた。

すうっと冷たい風の吹き抜ける細長い部屋で館長とにらみ合っていたその時、

「館長室はこちらでよろしかったでしょうか？」

どこから現れたのか、光沢のあるダウンジャケットにスリムなジーンズの颯爽《さっそう》とした女の人が、開け放たれたドアから場違いな陽気さでこちらをのぞき込んだ。

「失礼ですが……？」

気合い負けしたように館長がうつろにたずねる。

「わたし、マイタウン・ジャーナル日盛版担当の小山内《おさない》と申します。プラネタリウムのお泊まり企画について取材させていただきたくてうかがってみましたら、ちょうどこちらで打ち合わせ中ということでしたので――」

気がついた時には尚子と館長それぞれの手に同じ名刺が渡されており、女の人は誰よりも部屋の奥まで入り込んでいた。

「郷土資料館のことは前から継続的に取り上げたいと思ってたんです。来年秋には改修工事に入って、二年後にはリニューアルオープンですものね。日盛市の過去、現在、未来を見つめる郷土資料館。金環日食という世紀の天体ショーに照準を合わせたお泊まり企画なんて、最初の話題としてこれほどふさわしいイベントはないじゃありませんか」

マイタウン・ジャーナル。尚子の自宅にも時々朝刊に折り込まれてくる、地域の情報を載せたタブロイド判八ページほどの新聞だ。日盛版というのもあるとは知らなかった。その記者がこんなに突然、こんなに我が物顔で訪ねてくるものだということも。お引き取りください。次に館長の口から出る言葉はそれしかないと思っていた。

が、

「そうでしたか――まあ、おかけください」

信じられないほど館長は外づらが良いことを尚子は知った。

「――で？」

「予備取材っていうんでしょうか。三十分くらい三人で雑談的にあれこれ話して、小山内さんはひとまずお帰りになりました。そのあと館長のおっしゃることには、お泊まり企画についてはもう少し細部を詰めて、あらためて打ち合わせをしたい、と」

一夜明けた天文資料室。公休日を経て出勤してきた森山主任に、尚子がそこまで話した時、ポケットの中で携帯電話が震え始めた。ちょっとすみません、と断って、尚子は携帯電話を手に取った。

「あ。文香さんから返信です」

メールの文面は次のように読めた。

――すみません！　小山内幸恵《ゆきえ》さんは娘の幼稚園時代のお母さん友達です。マイタウン・ジャーナルで記者さんをしているのは前から知ってました。暮れに何年ぶりかでばったり会って、プラネタリウムの仕事続けてる？　なんてきかれたものだから、軽い気持ちでいろいろ話してしまったんですけど、まさか突撃取材に行くとは……。尚子さんが叱られてしまったのですか？　本当にすみません。何でしたらわたしからもう行かないように言います。館長さんにもおわびします。

なるほど、わかった。小山内記者は文香さんからお泊まり企画のことを聞いたのだ。そして、文香さんが軽い気持ちで口にした社交辞令やら何やらを真に受けて、取材の話を通してもらえるものと独り合点したのであろう。地元のネットワークおそるべしである。

しかし、何が幸いするかわからない。

――いいの、これでいいの。おかげですべてはうまく回り始めたんです。詳しくは会った時に話すけど。とにかく、ありがとう！

素早くメールを返す尚子の横で、

「にしても、記者が来る前とあとで一八〇度豹変《ひょうへん》とはね。あの館長も案外ご都合主義なんですねえ」

「ああいうミニコミ新聞って、主婦やお年寄りはけっこう読んでるのよ。どう扱われるかで評判もずいぶん違うんじゃないかしら。特にリニューアルを控えて、市民の声には市も敏感になってるだろうし。世紀の子ども向けイベントを、記者さんの目の前で館長がつぶすわけにはいかなかったんじゃないの」

と、菜花君と海原さんがひそひそ話し合う。

「ほんと。小山内さんのおかげで命拾いですよ。まったく聞く耳持たずだったんですから」

と、携帯電話をしまいながら、尚子。

「子どもが嫌いなのかしらね？」

海原さんがたずねる。

「うーん。基本的に、プラネタリウムは無駄なものだと思ってるような」

「悪い思い出でもあるのかしら」

「それはわかりませんけど……」

黙り込む尚子に代わって、菜花君が、

「何にせよ、生解説廃止案の黒幕が館長っていうのはありそうですね。ちょっと裏を探っておいたほうがいいんじゃないですか」

「裏、って？」

「館長のプラネタリウム嫌いの背後にあるものは何かってことですよ。役所の派閥争いが絡んでるとか。小学校の理科の時間に何か恥ずかしい失敗をして、いまだに悪夢にうなされてるとか。そのへんがつかめれば今後の対策も立てやすいでしょ」

プラネタリウム嫌い――よりは、もう少しうまい言い方があるような気がする。しかしそれが何なのか尚子には言い当てることができなかった。

その時、

「なんかまずいとこへ来ちゃいました？」

出入口のほうから戸島さんの遠慮がちな声が忍び込んできた。

「いやあ、べつに、全然」

と、菜花君がさりげなく密議の輪から抜けて見せる。戸島さんは屈託なく、

「お泊まり企画の件、館長も乗り気みたいですね。全面的にバックアップするようにって僕もはっぱをかけられちゃいました」

「よろしくお願いします」

席を立って律儀に頭を下げる森山主任の横で、海原さんと菜花君がひそかに目と目

を見合わせる。

「あの、戸島さん」

思い切って尚子は口を開いた。

「銀木館長って、どういう方なんですか」

「えっ……どういう方、というのは？」

「いえ、あの、今まであまりお話ししたこともなかったし。前の館長さんはわりと気さくにお孫さんの話なんかもしてくださったから、ただ普通に、どんな方なのかな、と」

「ああ――そういえば僕もよく知らないなあ。お孫さんはまだいないと思いますけど。いや、わからないぞ。結婚は早くて、年のわりに大きい子どもがいるって聞いたことが――」

言いかけて、戸島さんはふと首を傾げ、

「あ、でも……どうなんだろう……」

「何か？」

「いや、二年くらい前の話なんですけどね。館長の、といっても当時はまだ館長じゃなかったわけですが、お母さんが亡くなられてお通夜に行ったんですよ。その時――

親族の席に、見当たらなかったんですよ。奥さんやお子さんらしき人が。ほら、席順でだいたい見当がつくでしょ？　それがみんな、お母さんのきょうだいや、甥《おい》っ子、姪《めい》っ子みたいな感じの人ばかりで」

「え……それじゃ」

「いや、わかりませんよ、いたのかもしれないし。僕だってお焼香してさっさと出ちゃいましたからね、そんなにしげしげ観察したわけじゃないんで。あ、やだな、なんか余計なこと言っちゃった。どうも最近の天文資料室には密談の空気が満ち満ちてますからねー」

それじゃまあ何卒《なにとぞ》よろしく、と早口で言い置いて、戸島さんはそそくさと出て行った。

「てことは――離婚？」

菜花君が密談口調に戻って共犯者めいた視線を送ってきた。

「これは重大な情報ですよ。そこに館長の心理を解く鍵があるのかも」

「よしなさいよ。戸島さんだってわからないって言ってたじゃない」

尚子もまた、余計なことを聞き出してしまった後味の悪さを噛《か》みしめていた。

「もういいよ、その話は」

森山主任がとりなし顔で割って入った。

「つまらない詮索はやめて、企画を進められることに感謝しよう」

そして三月。学校が春休みに入る時期を見計らって、親子限定企画「プラネタリウムに泊まって金環日食を見よう」は参加者募集を開始した。


「お電話ありがとうございます。プラネタリウム担当、赤石です」

受話器を耳に当てて尚子は業務ノートに鉛筆を構える。

――プラネタリウムで皆既日食を見ようっていうチラシを見たんですけど。

少し違うが、はい、と愛想よく相づちを打つ。相手はうしろで子どもにせっつかれている母親のようだ。

――お風呂はあるの？

「は？」

――だって、次の日、学校でしょ。お風呂に入らなかったら気持ち悪いじゃない。

そう来たか。

「申し訳ありません、お風呂の設備はございませんので……一晩だけ我慢していただくか、おうちで入ってきていただくかですね」

——入ってから行くって、五月じゃまだ湯冷めしちゃうんじゃない？　それに、お風呂はやっぱり寝しなに入りたいわよねえ。

もうちょっと考えてみる、と言って電話は切れた。

「お風呂に入りたい」と業務ノートにメモして、はあ、と尚子は溜息《ためいき》をつく。

チラシ、ポスター、郷土資料館公式サイトで募集を告知して一週間。電話で、メールで、ぽちぽち問い合わせは入るのだが、なんだかこんな話ばっかりだ。曰《いわ》く「テレビは見られるか」「ビールを持ち込みたいが冷蔵庫はあるか」「うちは朝からご飯だと胃が重くなってしまうのでいつもトーストなのだが朝食はおにぎり弁当しかないのか」——

「お電話ありがとうございます、プラネタリウム担当、桜井《さくらい》です」

今日は土曜のため出勤している文香さんが、次の電話を受けてくれる。

「はい、はい……えっ、観測証明書ですか？」

また何か予想を超える問い合わせのようだ。

「ええっと、そういう証明を出す予定は今のところありませんが……あ、そうですね、記念になれば……はい。はい、検討させていただきます。ご提案ありがとうございます」

「証明書を出せっていうの？」

通話を終えた文香さんに尚子はたずねた。

「そうなんです。気がつきませんでしたよね。簡単なものでよければパソコンでデザインできちゃうし。主任に話してみましょうよ」

「そうね」

うなずいてはみたものの、初めから記念品目当てのような問い合わせは、どうも違うなあと感じてしまう。

「ああー。また来てるよ」

パソコンの前で菜花君が声を上げた。

「メール？」

「ええ。募集開始初日に速攻で問い合わせをくれた男子高校生。小学生とその保護者限定だって説明したんだけど、今度は、親戚の小学生と一緒なら申し込めるか、って」

「うーん、かわいそうだけどそれはアウトよねえ」

結局、問い合わせばかりで正式な申し込みハガキはまだ一通も届かないのである。

そこへ、午前中の投影を担当していた海原さんが、ひと仕事終えて戻ってきた。

「郵便、来てたからもらってきたわ」

天文関係の冊子類を主任のデスクに置くと、海原さんの手には三通ほどの往復ハガキが残った。

「え……申し込み？」

吸い寄せられるように席を立ち、文香さん、菜花君、そして尚子が一通ずつ奪い取る。

──常葉啓司《ときわけいじ》、専門学校二年、青森県青森市……

「青森？」

思わず声が漏れた。表書きは「プラネタリウムに泊まって金環日食を見よう係御中」で、どう考えても申し込みとしか思えないのだが。

ハガキはびっしり細かい字で埋まっていた。

──自分は天文を趣味とする青森在住の専門学校生です。このたびの金環日食もぜひ観察したいのですが、東北地方では部分日食となってしまい見ることができません。東京には知り合いもなく高いホテルに泊まる金もありません。右も左もわからず良い観測場所を見つけられるかどうかもわかりません。なんとか方法はないかといろいろ検索していたら、そちらでお泊まり会があることを知りました。日盛市民でもなく小学生の親子という条件にもあてはまらない自分は対象外であることはわかるのですが、廊下でもいいですので泊まらせてもらえないかと思いハガキを出させていただきました。決してご迷惑はおかけいたしません。できればお返事お願いします。

「うわあ……これは想定してなかったなあ」

尚子は頭を抱えた。確かに、二〇一二年最大の天文イベントといっても、金環日食が見られるのは九州から関東にかけての太平洋側だけ。東北では福島でかろうじて見える程度で、それより北では、立派な日食ではあっても金環日食にはならないのだ。

しかもそれだけではなかった。

「こっちは島根ですよ。三輪法男《みわのりお》さん、三十五歳、軒下でもいいのでお願いします……」

と、泣き笑いの顔で、文香さん。その横から菜花君が、

「勝ったね。驚くなよ。石川県珠洲《すず》市、辻岡勝《つじおかまさる》さん、八十歳。人生最後の金環日食観測のチャンスをぜひお与えいただきたく――」

電話が鳴った。目の前の現実から逃れるように素早く手をのばし、尚子が出た。

――日食のお泊まり会のことだけどさあ。

カン高い男性の声だ。

「はい、こちらで承《うけたまわ》ります」

あまり突飛な問い合わせでないことを祈りつつ、尚子はメモの用意をする。

――子どもだけじゃだめ？

ああ……。

――今度六年生だから。もう大きいから、自分のことは自分でできるから。

「申し訳ございません、親子限定企画ですので、保護者の方がご一緒のお申し込みに限らせていただいています」

――だってあんた、親は仕事あんのよ。暇な専業主婦と週休二日の亭主がいるサラリーマン家庭ばっかりじゃないんだからさ。

「本当に申し訳ありませんが……」

――だめか。じゃあ、俺も行くから。けど日食の時間まではいられないから、観測が終わったら学校へ送ってやってくんない？

「えっ、あのう、現地解散となりますので送迎までは……」

――何ィ？　無責任じゃないの。事故でもあったらどうしてくれんのよ。

「ですから、保護者にお連れいただける方だけ……」

――しょうがねえな。いいよ、何とかするよ、子どもがどうしても参加したいって言ってるからさ。じゃ、申し込むから。俺の名前言えばいいの？

「あ、お申し込みはお手数ですが往復ハガキで」

――何だよ、この電話でいいじゃねえかよ、めんどくせえな。ったく役所ってやつは……。

ですが応募多数の場合は抽選となりますので、と説明しかけた尚子の耳もとで、電話は一方的に切れた。

「どうしよう……抽選どころじゃなさそうね、これ。下手すると定員割れよ」

「大丈夫ですよ。やっぱり新年度が始まって、学校の年間予定が出てからじゃないと応募しにくいと思うんです。本格的な動きが出てくるのはこれからですよ」

現役小学生の母らしい観点で、文香さんがせめてもの余裕を見せた。

そのとおりだった。まもなくニュースなどで金環日食の話題が繰り返し取り上げられるようになり、書店にも観測グラスの付録つき科学雑誌が並んだ。それとともに申し込みハガキも昨日は一通、今日は二通と増え始め、四月半ばには定員を軽く上回った。そのうえマイタウン・ジャーナルの小山内さんが募集要項を紙上に掲載してくれたため、総数はさらに跳ね上がった。ゴールデン・ウィーク前に締め切ってからも問い合わせは続き、キャンセル待ちはできないかと食い下がる電話さえあった。

ほら、ほら。最新鋭の大型プラネタリウムで全天周映画のオールナイトをやると言っても、これほど人の心をつかめるだろうか。解説員の手作り企画だから人は集まるのだ。

——見たい人が勝手に見ればいいじゃないですか。現物が空の上にあるんだから。

館長は間違っている。プラネタリウムがあってもなくてもいいものなら、誰もお泊まりになんか集まりはしない。各自が自宅で日食の時間を待てばいいだけだ。

むしろこうなることを恐れて、館長は企画を認めまいとしたのではないだろうか？　リニューアル後、映画の上映しかなくなった時、つまらなくなったね、なんて言われては都合が悪い。逆にいえば、ここまで来た以上、この企画に失敗は絶対許されない。必ず成功させ、子どもたちを味方につけなければならないということだ。

抽選は胸が痛んだ。落ちる親子のほうがはるかに多いのだ。戸島さんも交えて相談のうえ、落選ハガキを持ってきてくれたら、一回に限り親子でプラネタリウムに無料入場できるという特典を付けることにした。

あとは当日、いかに事故のないようイベントをやりとげるか、だった。

市内の小学校が、金環日食観測のため、登校時間を一時間早めることに決定したという情報が入るまでは。

「キャンセルは？」

銀木館長がたずねた。

「三組、電話で連絡をくださいました。やはり学校が優先ですからね」

森山主任が淡々と答える。

「あとの七組の方は、お泊まりだけは参加したいとお考えなのかもしれませんが……」

「きちんと中止の通知を出すべきでしょう。市の施設が、公立小学校と時間の重なるイベントを強行するわけにはいきません」

館長がわざわざ天文資料室に足を運んで会議に参加するのは初めてのことだ。館長、尚子たち五人、戸島さん、そしてマイタウン・ジャーナルの小山内さんで、穴蔵のような資料室は息が苦しいほどだった。

「ほんとに学校って、何でもかんでも直前に言ってくるんですよねえ。せめて自由参加にしてくれればいいものを、決めたとなったら一人の例外も許さないんですから」

ずっとお泊まり企画を応援してくれていた小山内さんは誰よりも残念そうだ。その隣で、勤務日ではないのに急きょ出てきた文香さんが、

「しょうがないですよね。学校がある日なのに子ども向け企画っていうのが、最初から無理だったのかもしれません。子どもにアピールしましょうなんて言い出したわたしが軽率だったです」

と、しょげ返る。

「そんなことないわよ。これだけの応募をいただけたっていうことが、将来につながるひとつの財産なんじゃない？　夏休みにあらためてお泊まりを企画したっていいんだし」

沈みきった場の雰囲気を盛り上げるように、海原さんが応募ハガキの束を叩《たた》いてみせた。

それはどうかなと尚子は思った。将来につながる財産なんかができてしまったことは、館長にとってはおもしろくないはずだ。いくら小山内さんが応援してくれても、あらためて企画を通すことはむずかしいのではないか。むしろ今回の出来事を、軽率な企画を立てて失敗に終わった尚子たち解説員の失点という結末にしておいたほうが、館長の思惑どおりにことを運びやすくなる。

「じゃ、残念ですが今回は中止ということで――」

と、戸島さんが締めくくりかけた時、

「忘れてた」

菜花君が突然立ち上がった。

何ごとかと皆が見守る中、菜花君は自分のデスクの引き出しからもう一つのハガキの束を出してきて、主任に差し出した。

「何だ、これ」

「アウトの応募ハガキです」

「アウト?」

「ほら、けっこうあったじゃないですか。どうしてもプラネタリウムに泊まってみたいとか、金環日食を見るために前泊したいとかで、応募資格にあてはまらないのに応募してきたハガキ。あとで何とかしようと思って、つい忙しくて忘れてたんですよね」

ハガキの束は正規の応募よりはだいぶ薄かった。しかも、往復ハガキをそのまま束ねてあるので、実質的な厚さはさらに半分、せいぜい十通くらいかもしれない。

「青森――石川――島根……?」

一通ずつ繰りながら、主任は半ば呆《あき》れたような声を上げた。

「だめに決まってるじゃないか。ある意味、おたくの鑑《かがみ》だな」

「冷たいこと言いっこなしですよ。結局のところ、こういう仕事をしている僕らも同じ種類の人間でしょ」

「おまえと一緒にしないでくれ。そもそも返事する必要があるのか、これ」

「してあげてもいいと思いますが。っていうか、親子企画がだめになったんだから、呼んであげてもいいくらいかと」

「あら、すてき！」

「よしてくださいよ、小山内さんまで。どうして全国の天文おたくをうちのプラネタリウムで雑魚寝《ざこね》させなきゃならんのだ。だいたい菜花、おまえの言うことはいつも――」

その時、

「――見せてください」

ぎょっとして主任が口をつぐんだ。

何を思ったのか、銀木館長が、椅子から腰を浮かせてハガキの束に手をのばしていた。

主任からハガキを受け取った館長は、しばらくの間押し黙って一通一通に目を通した。そして、言った。

「いいんじゃないですか。呼んであげても」

「ご……五月二十日、日曜日、今日の日盛市の日の入りは、午後六時四十三分。あたりがだんだん暗くなり、西の空に一番星が見えてきます――」

実際の投影さながらに、尚子がうしろから手を添えて手動で日を沈めていく。余韻を逃すまいとするようにしばし息をひそめたあと、

「うわーっ。やってみたかったんだ、これ」

コンソールの椅子でヘッドセットをつけた佐竹《さたけ》君は、両手の拳を握りしめながら身《み》悶《もだ》えした。

「俺にも座らせてくれよ」

高校生の佐竹君より年上の常葉さんが、こらえ性もなく狭いコンソールにぐいぐい体を割り込ませる。

「へえー。こんなふうになってるのか」

佐竹君を追い出した常葉さんは、ヘッドセットを首にかけて、椅子をぐるりと取り巻く機器の数々を見渡した。

「これ全部、解説員さんが一人で操作するんですか?」

「そうですよ。ほら、こんなふうに」

ドームスクリーンに現れた五月の星空に尚子は星座絵を重ねてみせる。

「うおお。音楽なんかも？　自分で選んでかけるんですか？」

「そうですね。ただ、何でもというわけにはいかないので、著作権フリーの曲を集めたCDを使います」

「へえ、こんなところにも著作権の壁が――あっ。これは？」

「ポインターです」

「え、あの、光で星を指す？」

「そうです。持ってみますか？」

「――わりと重いんだなあ」

「スイッチを入れてみてください」

「これですか……よいしょっと。あれ……」

ポインターの光は星座でも何でもないところをよろよろと迷走した。

「意外にむずかしいんだな」

「ポインター十年、なんて言いますね。ベテラン解説員になると、まずポインターを構えて、それからスイッチを入れるとぴったり目当ての星を指していたりするんですよ」

「へえー、へえー」

見知らぬ土地のプラネタリウムに半ば強引に押しかけてくるような天文マニアには、どんな高度な質問をされるだろうかと内心ドキドキしていた尚子だが、常葉さんは何でも無邪気に感心してくれる。

「何か失敗談ってありますか？」

まだ代わってほしそうにうしろからのぞいていた佐竹君がたずねる。

「それはもう、数え切れないほどありますけど——夏休みだからと思ってハワイの星空を投影したら、日本の星空が見たかった、ってお客さまからお叱りを受けてしまったことがありました」

「え、そうかなあ。日本にいて外国の星空も見られるのが、プラネタリウムのすごいところだと思うけどな」

結局、資格外応募者の中で招きに応じて来てくれたのは、お隣の市から日盛市内の県立高校に通う佐竹君、青森の専門学校生常葉さん、島根の天文ファン（というだけで職業は不詳の）三輪さん、そして石川のお年寄り辻岡さんと、最も初期にメールやハガキをくれた四人だけだった。

プラネタリウムの仕事のあれこれに興味を持ってもらえるのは嬉《うれ》しい。けれど、たった一人を除いて皆、地元には縁もゆかりもない遠く他県の人ばかり。それも、本来身銭を切って宿を手配すべきではとしか思えないような立派な成人ばかりなのだ。一生に何度と見られない金環日食のため、同じ天文ファンとして相身互いと思わないでもないが、今頃ここでは子どもたちのためのお泊まり会が開かれていたはずが、何の因果でこんなことになっているのかさっぱりわからないというのが正直な気持ちではある。

館長は何を考えているのだろう。

マイタウン・ジャーナルの小山内さんの前で、例によって条件反射的にいい格好をしてしまったのか。でも、あれほど責任責任と言ってイベントをいやがっていた館長が、何の義理もない他県の天文ファンなら進んで泊めるというのはおかしな話ではないだろうか。何かあったらもっと重大な責任問題に発展すること必定だ。しかも、マイタウン・ジャーナルは、親子企画が中止なら取材の価値なしと判断して記者の派遣をやめてしまった。結局、館長には小山内さんにいいところを見せるというメリットすら残らなかったのだ。なのに、なぜ……？

「電気、いいですか」

屋上へ空模様を見に行っていた菜花君と三輪さんが戻ってきた。尚子が照明をつけると、

「どうだった?」

中央に据えられた投影機のすぐ前の席で、辻岡さんの相手をしていた海原さんが顔を上げる。

「うーん。かろうじて、降ってはいない、って感じですかねえ」

ここへ来て、日盛市を含む関東南部の天気はじわじわとくずれ始めていた。金環日食当日、二十一日の予報は「曇り」。いっそ大雨と言ってくれればまだしも運命と割り切れるような、中途半端に気をもたせる予報である。

「てるてる坊主でも作りますか」

四人の中では最も遠い島根から来ている三輪さんが、朗らかに言って皆を笑わせる。

一緒に笑おうとして、尚子はふと思い至った。

島根なら、大阪あたりで見たほうがずっと近いのでは……?

九州から関東にかけての太平洋側を通る金環日食帯に、大阪はぎりぎり引っかかる程度だ。より中心線に近いところで見たければ、和歌山にでも足をのばせばよい。一

夜の宿泊費も惜しい人が、もっと高いはずの交通費をかけて関東まで来る必要はないではないか。

ましてや、天体ショーはお天気次第。もっと近くなら晴れていたかもしれないのに、わざわざ遠くまで来て見られませんでしたでは泣くに泣けないはずだ。

じゃあ、どうしてここまで？

島根とは何のつながりもない日盛市の、応募資格もないお泊まり企画に、なぜいちはやく申し込みハガキを送ってきた……？

ハガキといえば、そうだ。いいんじゃないですか、呼んであげても——にわかにそう宣言した時の館長の様子。あの時、館長は資格外応募ハガキを手に取って見たのだ。一通一通。その中に、何かがあったのではないか。あの融通のきかない館長を突如として突き動かすような何か。

ちょうどそこへ、

「さて、そろそろ椅子を片付けますか」

森山主任と戸島さんが入ってきて皆に声をかけた。

それで思い出した。戸島さんから聞いた、館長のお母さんのお通夜の話。親族の席に、見当たらなかったんですよ。奥さんやお子さんらしき人が。

もしかして。

もしかして……。

投影機をぐるりと取り巻く五十の折りたたみ椅子を、戸島さんや菜花君と一緒に三輪さんたちも片付け始める。三輪さんとは目を合わさないようにしながら、尚子はそっと菜花君に近づいた。

「ねえ……三輪さんだけど」

「はい。何か？」

「何していらっしゃる方なの？」

「さあ。何でしょうね」

「学生ならともかく、こんな遠くまで出かけてきちゃって——こっちのほうに仕事のついででもあるのかしらね」

「さあねえ」

菜花君は何も気にしていない。館長のプラネタリウム嫌いの裏を探ろうと言い出したのは自分なのに。

「ああー、ちょっと、辻岡さん」

戸島さんの声で話はさえぎられた。

見ると、八十歳の辻岡さんが、若者に交じって椅子を運び出そうとしている。

「どうぞ、そのままお待ちください。すぐに片付けて、お休みいただけるようにしますから」

「そうはいきません。無理を言って世話になるのにお客さま気分では申し訳ない。こう見えても私は、一九六三年七月二十一日の皆既日食を、羅臼岳にキャンプを張って……」

とは言いながら、能登半島からここにたどり着くまでずいぶん長旅をしてきたはずの小柄な辻岡さんは、息が切れて言葉が続かない。

「辻岡さん、どうぞこちらへ」

しかたなく尚子は菜花君のそばを離れ、投影機のそばに一脚だけ椅子を残して辻岡さんにすすめた。

「羅臼岳で日食をご覧になったんですか？」

椅子にかけながら嬉しそうに笑った辻岡さんは、東京のとある大学の名前を挙げ、

「私はそこの天文研究部の出身でね。ＯＢとしてキャンプに参加したのですわ。金環日食ならその五年前、一九五八年四月十九日に種子島や八丈島で見るチャンスがあったんだが、その時は――」

辻岡さんの話は長くなりそうだった。

それっきり、プラネタリウムの星空の下で四人の泊まり客が眠りにつくまで、三輪さんの人となりを探るチャンスはなかった。チャンスがあったとしてどうすればいいのか、尚子の心も決まらなかった。

夜遅く、天文資料室で海原さんと寝袋を並べて仮眠を取っていた尚子は、夢うつつに雨の音を聞いた。


午前七時を回った。

「もうずいぶん欠けてるはずですねえ」

携帯電話で時刻を確認した常葉さんが、分厚い雲のたれこめる空を恨めしげに見上げる。

屋上には雨の痕跡こそうっすらとしか残っていなかったが、いつまた降り出してもおかしくない。どのへんに太陽があるのか見当もつかない、グレーの濃淡だけが寒々と広がる空だ。

かれこれ一時間、思い思いの場所に折りたたみ椅子を置いて、こうして東の空を見つめているのだ。尚子たちも一緒だった。もう、スタッフとしてできることは終わった。あとはお天気がすべてだった。

「こんなんだったら青森にいたほうがましだったんじゃないですか、常葉さん。完全な金環にはならなくても、見えれば勝ちでしょ」

一晩ですっかり打ち解けた様子の佐竹君が軽口を叩く。

「いや。青森も曇りらしいぞ。一瞬でも見えれば俺の勝ちだ」

地元の友達と連絡を取り合っているのか、時が近づくほど常葉さんは頻繁に携帯電話をのぞいていた。

二人より少し前のほうで、三輪さんも携帯電話を手に椅子を立った。

東側の柵にもたれながら片手で器用に操作している。何気ないふりで、尚子はその隣に立った。

「へへっ。島根も依然として曇りなうか」

尚子にとも自分にともなく三輪さんがつぶやく。

「全国的に曇りみたいですね」

話しかけてみた。三輪さんは楽しそうに、

「大昔だったら、曇りで誰も気づかない金環日食もあったかもしれませんね」

「西日本なら、和歌山あたりに集結している天文ファンも多いんじゃないですか」

「ええ。友達で行ってる奴らもいますよ。キャンピングカーを仕立てて」

「三輪さんは、どうしてこちらへ？　もともとは、こちらの方だとかで……？」

聞いてみた。

ちゃんと答えてくれなくていい。そんな気もしていた。

「どうも、集団行動が苦手でね。みんなで見なきゃ見えないものでもないのに、みんなで行こうっていうのが理解できないんですよ」

マニアによくあるタイプかもしれなかった。それから三輪さんはあらためて空を仰ぎながら、

「それに、一人で動かないと、人に会えないじゃないですか」

「人……？　人って？」

「えっ――いや、決まった仲間とばっかり行動してたら、どこへ行っても決まった仲間としか話さないでしょ」

やっぱり三輪さん――誰かに会いに来た？

日盛市に来れば。日盛市郷土資料館に来れば会えるはずの人に会うために……？

「あ。辻岡さん」

話題を変えようとするようにうしろを振り返った三輪さんが声をあげた。

ずっと静かだった辻岡さんが居眠りをして椅子からずり落ちそうになっていた。

「辻岡さん。風邪ひきますよ」

尚子に声をかけられ、辻岡さんはびくんと体をふるわせて目を覚ました。

「ああ。ええっと、日食は」

「まだです。あと十五分くらいでしょうか。お日さまは全然見えませんけれど――膝掛けをお持ちしましょうか」

「いやいや、かまわんでください。こう見えても私は――」

そこから先は聞こえなくなった。

階段塔のドアが開き、誰かが屋上に出てくるのが見えた。

「……館長？」

森山主任と戸島さんが気づいて挨拶しようとする。それを手で押しとどめるようにして、銀木館長がゆっくりこちらへ歩いてきた。

やっぱり。

館長も知っていた。

ハガキの中に三輪さんの名前を見て――

近づいてくる館長を、三輪さんは無表情に見つめた。館長も、眼鏡の奥の無表情な目でまっすぐこちらを見つめていた。

そして、辻岡さんの椅子のそばで足を止めた。

「お久しぶりです――お父さん」

辻岡さんに向き直ると、館長は言った。

お父さん……？

「来てくれたか」

眠そうな目で辻岡さんは言った。

「はい」

「私がわかったから、泊めてくれたのかね」

「……はい」

「ありがとう。君と一緒に金環日食に立ち会えるとは思わなかった。立場もあったろうに、すまなかったね」

三輪さんはしばらくぽかんとしていたが、気を利かせるように元どおり柵にもたれて東の空を見上げた。尚子もあわててそれに倣った。

「金環日食にはどうも縁がなくてね」

背後で辻岡さんのもごもごした声は続く。

「一九四八年の礼文島の時は、まだ高校生だった。日食見物のためにおいそれと遠征ができるような時代でもなかった。十年後の種子島・八丈島の時は、もう教職に就いていて、やはりそれどころではなかった――君もいたしね」

館長の答えはない。

「一九八七年の沖縄の頃は、ちょうど今の君くらいだったかな。管理職でね。忙しかった。テレビじゃ話を大げさにするために何百年に一度とか言っているが、日食は意外にあちこちで何度も起きているものだよ。ただ――それをゆっくり楽しむには、人生はいろいろなことで手一杯すぎる。今なら暇なのになあ。次の金環日食は二〇三〇年六月一日、北海道。それまでは生きておらんだろう。結局、私がちゃんと見たのは、一九六三年、羅臼岳の皆既日食だけだったな」

館長はなおも無言。

「わかっていたよ。七月二十一日は君の誕生日だった。ちょうど日曜日だったし、いろいろと約束をしたことは覚えていたが、誕生日は毎年、皆既日食はこれっきり、どちらが大事かは誰でもわかると思っていた。報いを受けたということだな。次の夏にはもう、お母さんと君は家にいなかった――」

そうだったのか。

館長が嫌いだったのは、プラネタリウムではなくて、お父さんの心を奪うもの。見たい人が勝手に見ればいい。それは五十を過ぎても忘れられないお父さんへの怒りの言葉だったのだ。

もちろん、それだけが家庭の壊れた原因ではなかっただろう。館長も知らないいろいろなことがあったのだろう。そして今では館長もそれがわかるに違いない。だからハガキの中にお父さんの名前を見て、その本当の意味を読み取ったのだ——会いたい。

「お母さんは？」

「——二年ほど前」

「そうか……君の家族は」

「離婚しました。お父さんの轍《てつ》は踏むまいと、趣味も持たず、人とも付き合わず、毎日まっすぐ家へ帰ったものですがね」

不意に尚子の横で三輪さんが、

「な……なんか意味わからないけど……」

とつぶやいて洟《はな》をすすり上げる。

時刻は七時三十二分。

「どうやら、だめそうですねえ」

溜息交じりの館長の声音は、ずっと前から金環日食を待ちわびていた人と少しも変わらなかった。

どうかどうか、神様。

一瞬でいいから雲を溶かして。たった一組の親子に実現させてあげて。プラネタリウムに泊まって金環日食を見よう。

正直に言うから。子どもたちのため、なんて嘘《うそ》だから。自分たちの仕事を認めさせたかっただけだから。わたしたちにできることは、お客さまと一緒に空を見上げることだけ。

三十三分。

「やはり、二〇三〇年まで長生きしてもらわないといけないようです」

「なに――そうと決めつけたものでもない」

三十四分。

「……あ」

「あ」

「あっ――」

× × ×

日盛市郷土資料館　一時閉館のお知らせ
二〇一四年四月、日盛市郷土資料館は生まれ変わります。
＊常設展示室がいっそう充実、特別展示室もパワーアップ。
＊各種講座や集会にお使いいただける学習室、市の歴史と文化を伝える図書室を新設。
＊画展、写真展などが開ける市民ギャラリーを開設。
＊プラネタリウムは定員二百十名の最新鋭設備にグレードアップ。全天周映画のほか、解説員によるオリジナル星空投影プログラムにもいっそう磨きをかけて皆様のご来場をお待ち申し上げます。
二〇一三年十月

イッツ・ア・スモール・ワールド

小路幸也

小路幸也（しょうじ・ゆきや）
1961年北海道生まれ。2003年、第29回講談社メフィスト賞を受賞してデビュー。06年『東京バンドワゴン』が注目を集め、その後人気シリーズ作品に。家族小説、青春小説、ミステリーなど幅広く執筆。近著に『Coffee blues』『荻窪シェアハウス小助川』『話虫干』『キシャツー』など。

高架を走る電車の音が聞こえてきた。たぶんガード下のお店から流れ出す美味《おい》しそうな匂いも微かにしてきた。

ガード下は今でも、東京を生活の場とするようになって二十年経った今でもそこを歩くと、「あぁここは東京だ」って感じてしまう。

どうしてなんだろう。故郷の街には高架がほとんどないせいかな。高架の下にお店ができているっていう、その風景を初めて見たのが東京を舞台にしたドラマのせいかな。

「ま、しょせん田舎者だってことよね」

田舎者のくせに、東京の人の顔をして、午後九時を廻《まわ》った銀座の町を歩く。何十回も、違うか、何百回も歩いた道。

そしてあそこの角を左に曲がれば、あの百貨店。

その横を通らなくたって駅には行ける。

真っ直ぐ進んでからガード下沿いにずらっと並ぶ飲食店の、あちこちから流れてくるいろんな料理の香りや、もしくは饐《す》えたような匂いを時折感じながらおじさんのダミ声や若い子たちの嬌声《きょうせい》を尻目にスタスタと早足で歩けばいい。

それで駅には着く。着くけど。

「本当に久しぶり」

たぶん二、三年ぶりに歩くこの街。

だから、そんなことを考えたのかもしれない。行ってみようかなんて頭に浮かんだのかもしれない。

ひょっとしたら、ウインドーの入れ替えをやっているかもしれないって。

晩夏から秋へのテーマに移り変わるのはちょうど今頃のはず。

とはいってもそれはもう何年も前のスケジュールだから今はどうなっているかわからない。あの頃からもうその萌芽はあったけれど今の百貨店の現状は悲惨だと聞く。ひょっとしたら年に八回の、イレギュラーを含めれば一ヶ月に一回はあったウインドーの入れ替えなんかもう過去のものになっているかもしれない。

わからないけど、あの百貨店のウインドーをまともに見たことは、もう何年もない。

見たくなかった。自分が切られた仕事なんか。

誰か他の人が、それもよく知った若い人間が私の後釜に座ってやっている仕事なんか。

まぁ専門誌や雑誌のなんだかんだで嫌でも眼には入ってくるし、わざと避けるのも自分が卑屈な人間になったようで、大人にならなきゃなんて考えて遠くから眺めたこともあるけれど。

街の雰囲気は変わらない。初めてここに来た頃からずっとここは大人の街の顔をしている。しようとしている。どんなに建物が建て変わっても、染みついた匂いはそのまんまのような気がする。気がするだけかもしれないし、そもそもそんなことを考えるのが田舎者の証明かもしれないけど。

そこに差し掛かるところで、一度立ち止まった。

まだ宵の口でこれから楽しみな夜が待っているという期待に満ちた顔の人や、ただ通り過ぎるだけの人たちが行き交う舗道。息をひとつ吐いて、角を回る。大股に十歩歩いて、ウインドーの中が見える位置まで。

やっぱり、やっていた。

ウインドーの入れ替え。ディスプレイの転換。

閉店後の、誰もいない百貨店の中を歩いたことのある人は世の中にどれぐらいいるだろう。あれだけ賑《にぎ》やかだった空間に人っ子一人いなくなって、大理石や床材の上をスニーカーで歩く音がどこまでも響く。

色とりどりの華やかさはまったく変わらないのに、静謐《せいひつ》な空間。

空調もほとんど切られているから、まるで動かない空気の中でそれを掻《か》き回すように動く、走り回るあの時間が好きだった。

仕上がりの確認のために一人通用口から外に出て、人通りの少なくなった舗道に仁王立ちしてウインドーを眺めている自分の姿を想像するのも、好きだった。

そういえば夜の百貨店のマネキンが怖いって言っていたあの人は、昔の恋人はどうしているだろう。

仕事を貰《もら》っていた広告会社のグラフィックデザイナー。彼の会社がここの百貨店の広告を一手に引き受けていた関係で、撮影や立ち合いで何度も一緒になって閉店後の店内を歩いた。その度に、彼は言っていた。マネキンが怖いって。

まぁ確かに暗がりにぽつんと佇《たたず》むリアルなマネキンを見ちゃうとドキッとするかもしれないけれど、何十体もトラックで運び込まれるヌードマネキンを運ぶのを手伝ったり、分解して服を着せたり靴を履かせたりしているとそんな気持ちなんかなくなってくる。ただの服を着せる人形にしか過ぎない。

この女はぶっさいわねー、とか、あらこの新しい男いい体つき、なんてスタッフと話してペタペタ身体を触ったりしちゃう。その逞《たくま》しい男性マネキンの股間に手をやってひょいと持ち上げたりするのも日常。

彼は、元山芳幸《もとやまよしゆき》は、私たちがそういう風にするのを若い女の子がなんてはしたないことを！　って笑っていたけど。


ウインドー全体のベースカラーは、ワインレッド？　違うか。もう少し日本の伝統色っぽい赤。そういえば秋冬の流行色の、茜《あかね》色をもっと沈ませたような赤か。

ウインドーの枠には金とシルバーの星をモチーフにしたカッティングシート。違うな、これは既製品のウィンドウシールかな。その辺は予算がないのかもしれない。あぁ、でもちゃんと自分で手を加えている。大きさを微妙に変えたり大胆にサイズダウンしたり、フレームだけ切り取ったりしている。あれ、面倒臭いのよね。

そういえばあの頃人気だった漫画家さん、〈いくたゆり〉さんだっけ。彼女の取材を受けたときのディスプレイも、こんなふうなワインレッドをベースにしたものだった。流行って本当に巡るんだよね。漫画に本当に自分のデザインしたウインドーが描かれていて感動したな。

「きちんとしてる」

思わず呟《つぶや》いちゃった。

ちゃんとした仕事をしてる。どこも手を抜いたりしていない。敷かれた同系色の布の端もちゃんとかがってある。ひとつひとつ丁寧に作られているし、全体のバランスもいい。

「藤村《ふじむら》さん！」

驚いた。

急に掛けられた声。でも、予想はしていた声。声のした方を見ると、千夏《ちなつ》ちゃんが舗道を小走りに走ってきて私に向かって手を振ってすぐに私のすぐ脇に到着。

「ご無沙汰してます！」

小さい身体、形の良いアーモンド型の眼、短くした髪。やだこの子全然変わってない。白いシャツに黒いパンツ、黒の革のウエストバッグにガンベルト。ウインドーのときのユニフォームも私の頃とまるで変わっていない。

「久しぶり！」

千夏ちゃんの元気な声に合わせて、私も少し声を張る。それから後ろを振り返って道路向こうの舗道を見た。

「向こうで確認してたの？」

「そうです。そしたら藤村さんの姿が見えたので、慌てて走ってきました！」

屈託の無い笑顔。確かもう二十代後半よね。三十になったかも。全然そうは見えない。

ウインドーがほぼ出来上がったら、外に出て眺める。遠くに立って見る。いろんな方向から確認してどこか不自然なところはないかを確認する。

好きだったなぁ、その瞬間。

千夏ちゃんが、ウインドーを見てから私に訊《き》いた。

「どうですか？」

「カッコいい」

間髪入れずに微笑《ほほえ》んで答えた。

細かいことなんか、言いたくない。

たとえば、三体のマネキンの位置関係はもう少しワイドに取った方がいいんじゃないかとか、ライトの位置は真上からだけじゃなくて下からもあおった方がきれいになると思うとか、敷いた布の質感が若干安っぽく感じるから変えた方がいいんじゃないかとか。

いろいろいろいろ言えるけれど、言わない。

言えないじゃない。

私はこのウインドーディスプレイの前任者だけどそれはつまり単純に仕事を切られたっていうだけの話で。しかも千夏ちゃんは大学時代に私の元でアルバイトをしていたいわば弟子にあたるわけで。

弟子が、大学卒業してこの百貨店に就職してそのまま私の仕事を全部持っていった。形としては、そうなるの。

もちろん、不況のあおりを喰《く》らって百貨店の広告費は激減して外部に発注する余裕なんかなくて、じゃあ内部の社員で全部賄ってしまおうという苦しい台所事情はある。よくわかる。

千夏ちゃんにしたって社員なのだ。どんなにこのウインドーに力を入れて残業したって、賞を取るような素晴らしい仕事をしたところで安い給料にまるで変わりはない。残業代だってきっとそんなには出ていない。やればやるほどお金になった私とは違う。

皆、いろいろ大変なんだ。ライトだって布だって予算がない中でギリギリの選択を千夏ちゃんはしているはずだ。私がそう仕込んだんだから間違いない。

それでも。

私にだって、プライドはある。

うだうだ言わない。

「すごく、いい仕事してる」

思いっ切りの笑顔を作って千夏ちゃんに言ってあげる。千夏ちゃんは、少し含羞《はにか》んだように笑って、ありがとうございますって頭を軽く下げた。

「でも、さっき向こうから見ていたら、真ん中のマネキンの高さをもう少し上げた方がいいかなって思ったんですけど」

「あぁ」

それは、どうだろう。

「上げるなら、中途半端にじゃなくてサイコロひとつ追加しちゃった方がいいんじゃないの？　マネキンも座りにして」

「そうなんです！　そこは迷ったんですけど」

ラフの段階で迷ったってことなんだろうなってすぐにわかった。立ちのマネキンか座りにするか。でも立ちの方が予算的に少なくなるからそっちを選んだ。

そして、この話題が、私に気を使ってくれたってこともすぐにわかったよ千夏ちゃん。

師匠筋の私にアドバイスを求めてそれが実に的確なものだってことを演出してくれたんでしょ。

そして、私が切られた仕事を自分がやっていることに対して申し訳なく思ってるんでしょう。

いいよ。千夏ちゃんが優しい子だってことはわかってるから。千夏ちゃんがやるんだったら任せられる、なんたって私がみっちりイロハを教えたんだからって、あのときに自分で自分を慰めたんだから。

「でも、いいよ。充分」

カッコいい。ちょっと首をすくめて、また笑顔で千夏ちゃんを見た。

「じゃあ、頑張ってね」

もう終わるんでしょ？　軽く一杯飲んでく？　なんて社交辞令でも誘わない。だって「行きましょう！」なんて返事されたら困るもの。

その席で、「今どんなのやってるんですか？」って訊かれたら困る。

仕事は確かにしているけれど、とても胸を張って答えられないものばかりだから。

☆

「美味しいですね！」

本当に美味しかった。社長の賢木《さかき》さんがそのどこもかしこも真ん丸の身体を揺り動かして、にいっ、と笑って頷《うなず》いた。初めて会ったときには、小さい頃からお菓子を食べ過ぎてこんなに丸くなったのかしらと小学生みたいな感想を抱いてしまった。太り過ぎた布袋《ほてい》さんみたいな賢木さん。

「そうでしょう？」

フルーツのジュレの口当たりはとても良いし、その下のたっぷりと果汁を含んだスポンジも美味しかった。両方を口に入れたときのバランスもいい。

あ、でも。

「いやどうぞどうぞ、いつものように何でも言ってください」

私がほんのちょっと表情を変えたんだろうか。賢木さんが気づいてそう言った。この人、初めて会ったときからそう感じていたけど本当に鋭く人の表情を読む。そうでなきゃ四代続く老舗の菓子舗はやっていけないのかもしれないけれど。

「スポンジだけだとちょっと口当たりが」

「そうなんですよー」

やっぱりわかっちゃったかー、と、賢木さんが顔を顰《しか》めた。

「人によってはね、少しぼそっという舌触りが残るって感じる人がいてね。僕はそこがいいって思ったんだけどね」

「確かに、そう感じました」

その感触が嫌なわけじゃないし美味しくないわけではないけれど、ジュレの滑らかさが余計にそれを引き出してしまった。

「まぁそこはね、これから手直ししてみますけど、全体としてはどう?」

大きく頷いた。

「そりゃあもう美味しいです」

このフルーツジュレの舌触りと爽やかな果実の味は、なかなか新鮮だった。もう四十歳と歳は喰ってますけどこれでもスイーツ大好き女子の一人。数々の有名店の人気スイーツを食べ歩いているけれどこういう舌触りは経験がなかった。新商品としては申し分ないと思う。色合いもとてもきれいだ。

そして、何も味見をして消費者の貴重なご意見を言いに来たわけじゃない。ここからが本番。賢木さんがテーブルの上にあったサンプルのカップを私の前に並べた。

「大きさとしてはね、値段を抑えるためにもこれぐらいがベストなんですよ」

高さ七センチぐらいのプラスチックのカップ。

「そうですね。量としてもこれぐらいが食べやすいですよね」

スイーツは「もうちょっと食べたい」と思うぐらいでなくなってしまうのが良いと思う。

「パッケージの色合いは、基本的にはそれぞれに使うフルーツのイメージカラーに合わせるんですよね」

「それが良いと思うんだけど、どう？」

賢木さんが心配そうな顔をして同意を求めるので頷いた。今のところ予定しているのはイチゴとキーウィ、グレープフルーツにオレンジ。バリエーションはいろいろ考えるけれども最初に出すのはこの四種類。だとしたら、赤と緑と黄色と橙色《だいだい》。うん、並んだときにもきれいだと思う。

「良いと思います。奇をてらうより素直に表現する方が〈まめかしや〉さんのカラーに合っています」

菓子舗〈まめかしや〉。

東京近郊のこの町と隣町に合計三店舗を構える老舗のお菓子屋さん。そもそもは宿場町でもあった江戸時代から始まったというからそりゃあもう老舗。ただしその頃は旅籠《はたご》だったそうで、お菓子屋さんを開いたのは明治になってからだとか。

ここが、今の私のメインクライアント。

年商は、小さなお菓子屋さんが三店舗なんだから推して知るべし。

でも、三店舗もあるのだ。しかも、この不況にも負けずに順調なのだ。いつ来てもお客さんがいるし、お店の雰囲気もいい。

「いつものように、まずはベストだと思えるパッケージデザインとディスプレイを予算を考えずに出してみていいですか?」

「いいですよー。そうしてください」

仕事のやり方として、もちろん最初から予算絶対厳守なら別だけど、最初の段階はベストと思える選択を考える。そこからスケールダウンする。スケールダウンの目安は最初に設定したそのベストデザイン。そこからいかに離れないで予算を抑えたものにするかを考える。予算を抑えるためには既製品のプラスチックケースを使うのがいちばんいいのはわかっているけれど、このスイーツには絶対に厚手のぽってりとしたガラスのコップが似合う。もう頭の中にその形もパッケージデザインも浮かんでいる。

でも、最近のお客さんは敏感だ。パッケージに凝り過ぎて本体であるお菓子の値段が高くなると「これはこの容器込みの値段よね」と醒《さ》めてしまうところがある。それさえも吹き飛ばすほどの美味しさと素晴らしいパッケージを求めるのももちろんだけど。

どこか、安価で造ってくれるところはないだろうか。あるいは既製品のそういうものを、海外の安いものをうまく流用できないだろうか。

それを見つけてくるのも、私の仕事の一部。

本店の真ん中にあるディスプレイテーブルのデザインから始まった、私の仕事。

三年前だったかな。それが好評で、社長の賢木さんに認められてちょうど改装の計画があった本店のイメージデザインを頼まれた。

それなら、と、私は色めき立った。この際だから全てをリモデルしませんかとプレゼンしたのだ。

店名のロゴからイメージカラーからもちろん店舗のデザインからお菓子のパッケージデザインまで全部変えてみてはどうかと。

元々は〈豆菓子屋〉だった店名をひらがなの〈まめかしや〉にした。イメージカラーも何もなかったところに老舗に相応《ふさわ》しい焦茶と白をベースにしたカラーを打ち出した。重厚さを打ち出す古材と柔らかな雰囲気を醸し出すテラコッタを組み合わせた店舗デザインを提案した。コンセプトも何もなかった包み紙やパッケージをひとつひとつお菓子に合わせて作り直した。そりゃあもう予算度外視して、最も相応しいと思えるものを。

結果としてはそのままその通りにはならなかったけれど、社長である賢木さんも私も両方納得できる形で新しい〈まめかしや〉が誕生して、改装以来お客様も倍増した。和菓子中心だったところに洋菓子のスイーツ感覚を取り入れた新製品も続々発表して、それが全部好評だ。その手の雑誌に取り上げられたこともある。

私は、こうして賢木さんの全面的信頼を得て、新製品が出る度に意見を求められてパッケージデザインを考え、季節ごとにディスプレイを考えて、全部の店舗の商品陳列のアドバイスもしている。

つまり、とてもいい仕事を貰っている。

何の不満もない。

ないけれども。一昨日、千夏ちゃんに言えなかった。これが今の私のメインの仕事よと言えなかった。

かつての私は東京の銀座の百貨店がメインクライアントだったのだ。

「あぁ、そうだ忘れてた」

一通り打ち合わせを終えて、帰り支度を始めた私に賢木さんはデスクに戻って、一枚のチラシを持ってきた。

「お蕎麦《そば》屋さん？」

蕎麦処《どころ》〈まつむら〉。

手書きで、いかにも手作りのお蕎麦屋さんのチラシ。住所を見ると、この町の東の端の方。もちろん私は行ったことがない。

「知り合いの店なんだけどねぇ。今度代替わりするんで、店舗も含めていろいろ新しくしたいので誰かいい人がいないかって相談されたんですよ」

「そうなんですか」

もちろん、店舗デザインは私の専門じゃない。私はあくまでもディスプレイデザイナー。似て異なる職種だけれども、私がいわゆるディレクターになって改装を請け負う業者と連携を取ることはできる。〈まめかしや〉もそうやってできあがったんだから。

賢木さんは、そこでちょっと間を作って私を見た。その瞳に、何か逡巡《しゅんじゅん》の色が浮かんだ。

「藤村さんね」

「はい」

「まぁ、うちのデザインを全部やってもらったあなたを素直に紹介しようと思ったんですけどね。一度、何も言わずにお客さんとしてそこへ行って、見てみないかね」

「はぁ」

それはもちろん、行ってみないことには何も始まらないけれど。賢木さんは、丸い手をこすり合わせた。

「それで、藤村さんが納得したなら、やってみてもいいって思ったのなら、改めて紹介しますから連絡くださいよ。美味しいお蕎麦屋さんですよ。私はねぇ」

言葉を切って、優しい眼で私を見た。

「こんな小さな町の、小さな蕎麦屋ですけど、自信を持って人に勧められますね。だからあなたを紹介しようと思ったんですよ」

あ、と、思わず開きそうになった唇に力を入れた。ほんの少し眼を伏せてから、すぐに上げた。動揺しちゃいけない。クライアントに自分の弱さを見せちゃいけない。

「ありがとうございます」

腕時計を見た。もう少ししたらちょうどお昼時。

「ちょうどいいので、お昼ご飯を食べに行ってきます」

恥ずかしかった。頬が赤くなっていたかもしれない。〈まめかしや〉の自動ドアを出ると早足になってしまった。

見透かされていたんだ。賢木さんに。今の私はこんな小さな仕事をしているって自分を蔑んでいたことを。

「ダメだ」

反省しよう。誰もいない所で座ってじっくり考えよう。あそこのコンビニのすぐ裏手の方に小さな公園がある。

そう言えば、前もそこでベンチに座って考えた。

そうだ、あれは紹介されて初めてこの町の〈豆菓子屋〉だった頃の〈まめかしや〉に来たときだ。

また身体が震えた。

あのとき、あのベンチで私は何を考えた？

〈おちぶれたなー〉

そう考えたんだ。頭を抱えたんだ。

こんな田舎町のただのお菓子屋の店内ディスプレイを頼まれるなんてって。しかもその仕事を受けなきゃやっていけないなんてって。

そう考えた。

その気持ちは切り替えたつもりなのに。どんな小さな仕事でも全力でやるのがプロだって自分に言い聞かせてここまでやってきたつもりなのに。どこかに残っていたそういう気持ちを、賢木さんは見抜いていたんだ。それなのに今まで私に全てを任せてくれていたんだ。

私を、私の能力を信じてくれていたんだ。

恥ずかしい。

自分が、情けない。

☆

（わ、美味しい）

ずずずっと蕎麦をたぐってつるんと飲み込んで思う。何だか今日は美味しいって思ってばっかりだ。

蕎麦に関しては全然詳しくない。詳しくないけどここのお蕎麦がすごく香ばしくって喉越しが良くって、そばつゆがきりりと締まった味で何杯でも食べたくなってしまうってことはわかる。

（これは）

賢木さんが自信を持ってお勧めすると言ったのもわかる。今日以降誰か蕎麦好きに会ったらつい教えてしまいそうになる。「見掛けは全然冴《さ》えない普通の田舎のお蕎麦屋さんなんだけどすっごく美味しいの！」って。

それとなく店内を見渡す。

もう何も説明できない普通のお蕎麦屋さんだ。いやこのまま定食屋とか焼き肉屋とかラーメン屋に衣替えしても何の違和感もない。要するに何の特徴もない、裏に廻ったら住居があるんだろうな、という食べ物屋さんだ。

（確かに、もったいない）

むくむくと何かが頭をもたげてくるのがわかった。

こんなに美味しいお蕎麦屋さんがこんな風情《ふぜい》なのは、デザイナーの端くれとしては許せない。

どうすればいいだろう。蕎麦屋なんだから当然テイストは和風。あぁしまった和風建築の上手《うま》い生かし方のバリエーションがあまり私の中にない。勉強し直さなきゃ。資料は部屋にたくさんあったよね。

でも床は黒だ。絶対黒にしたい。どうでもいい感じのプラスチックの蕎麦猪口《ちょこ》は絶対大振りの厚ぼったい陶器がいい。そしてお子様用にまったく同じ形の小さいのを用意するんだ。家族連れの特にお母さんはそういうのに反応してくれる。この店は子供のことをちゃんと考えてくれるんだって思って贔屓《ひいき》にしてくれる。

肝心のディスプレイは。私の専門のディスプレイは。

そう、あの普通の家かと勘違いしそうな玄関からだ。

竹がいい。

この町には確か竹林がたくさんあったはずだ。竹って、植え替えできるんだろうか？　雰囲気出来なそうよね。根がすごいんだもんね。だったらとりあえず種から植えて育つのを待って、育つまでは長いのを切ってきてまっすぐに入り口のところに並べて。

箸が止まっていたんだ。

もう頭の中でいろんなものがぐるぐるぐるぐるしていて、それできっとたまたま奥の厨房《ちゅうぼう》から出てきて私の様子を見たご主人がどうしたんだろう不味《まず》かったんだろうかってじっと私を見た。

それで、気づいたんだ。

「あれ？」

飛んできた声に私も思考を中断された。

聞き覚えのある声。

一拍、間が空いた。

「藤村くん？」

思わず眼が丸くなってしまった。

「元山さん？」


びっくりしたよって元山さんが笑う。

「それはこっちのセリフです」

思った通り、厨房の裏側は住居になっていて、居間には座卓があって扉一枚向こうから店の騒《ざわ》めきが聴こえてくる。予想していた通りの間取り。

「どうぞ」

くるくるの髪の毛に白い頭巾をした奥さんは、ニコッと笑ってお茶を私の前に置いてくれた。とても愛くるしい笑顔の女性。蕎麦屋の看板娘にはふさわしい、人懐こい笑顔かもしれない。

「ありがとうございます。すみません、なんか図々しく家の中にお邪魔してしまいまして」

「いえ、ちょうどこれから暇な時間になるんです。交代で食事を摂《と》るので」

そう、私の眼の前にもまた新しく作ってくれたざる蕎麦が。そして元山さんと奥さんのところにはまかない飯であろう小振りのどんぶりに親子丼が。うん、親子丼も美味しそうだ。

「ごめんね、飯を食べながらの再会なんて」

「いえいえ」

二人で笑った。奥さんも笑った。

元山さんが、元山芳幸さんが私の恋人だったのはもう十年も前の話だ。それも、ほんの束の間の恋人。気の合う仕事仲間が何となくそういう関係になってしまって、でもなんとなくの付き合いは全然お互いにお互いを高め合うことができなくて、二人で話し合いの上納得済みで別れた。

それからも仕事上の付き合いがしばらくあったから、こうしてばったり出会ったところで胸の奥がズキンと痛むことなんかない。どうして私を捨てたのよと修羅場になることも一切ない。

あるとしたら、屈託なく私の眼の前で微笑んでいる奥様にちょっとだけ申し訳なく思う気持ち。

ごめんなさい、ただのかつての仕事仲間という嘘《うそ》を二人で、今作り上げて共有しています。

そこで優越感なんか感じてしまったら後で思いっきり後悔するから絶対に思わないことにする。必死でする。

「それで」

私が口を開いたら、元山さんが少し恥ずかしそうに笑った。

「なんで蕎麦屋の亭主になっているか、だろ？」

「そうです」

東京の大手広告代理店のグラフィックデザイナーとしてバリバリ仕事をしていた元山さん。流行《はや》りの服を着こなして、流行の最先端を追い続ける、もしくは創り出す仕事をしていた彼。結婚したことは全然知らなかった。

「もう、わかりやすい話でさ。ここは妻の実家なんだ」

六年前に知り合ってすぐに結婚した奥さん、紗絵《さえ》さん。今年四十二歳になるはずの元山さんより一回りも下だっていうから、今は三十一歳。じゃあ結婚した当時は二十五歳だったのね。

「随分と若い奥さんを」

悪戯《いたずら》っぽく笑ってあげた。いやいや、と照れて笑う元山さん。

その笑みは、私と一緒にいた頃には見られなかった笑い方。あぁ、こんな笑顔もできるんだなって思った。

「お義父さんのね、具合が悪くて」

そう言った元山さんの隣で紗絵さんは少し寂しそうな笑顔を見せた。

子供は紗絵さんしかいなかった。紗絵さんは東京でＯＬをやっていた。このままでは店を畳むしかないと思ったけれどそんなときに、紗絵さんが元山さんを連れてやってきた。結婚の許しをもらいに来た元山さんに、お義父さんが言ったそうだ。

この店を継ぐ気はないかって。

もちろん、婿養子とかではない。そんな格式のあるお店でもなんでもない。ただ、せっかり作り上げてきたこの店の蕎麦の味を自分の代だけで終わらせたくなかった。

そう話すお義父さんに、なんと元山さんはその場で頷いたそうだ。

「どうしてまた」

まるで違う。広告屋と蕎麦屋。元山さんは、小さく頷いた。

「それも人生だって思えてさ」

広告の仕事を嫌いになったわけじゃない。ただ、このままこの仕事を続けていって四十代五十代になった自分を想像したときに、そこに何の手触りも感じられなかったって元山さんは言った。

「手触り？」

頷きながら、自分の手を握ったり拡げたり、元山さんはした。

「上手く言えないけどね。俺が蕎麦屋をやるのかって思った瞬間に、そこに手触りを感じたんだ。何かこう、しっかりとした」

理屈じゃなかったんだろうと想像した。きっとその瞬間に何かを、元山さんは摑《つか》んだのだ。これから生きていく自分の人生の、何か。

「とはいっても、関わっていたプロジェクトも多くて、なかなか仕事を辞められなくてね」

ようやく円満退社できてここにやってきたのはほんの一ヶ月前。つまり紗絵さんと一緒にまだまだ修業中の身。

「それで？」

なんで今日はここに、って元山さんは訊いた。

「地元でも何でもないよね？」

話の流れから、賢木さんに誰かを紹介してくれって頼んだのは紗絵さんのお父さんだって知れた。そしてそのことを元山さんも紗絵さんも知らないってこと。

だって、元山さんがここを自分好みの店に改装しようって考えたのならその手の知り合いは山ほどいる。わざわざ賢木さんに相談するはずがない。

「実はですね」

さっき賢木さんからもらったチラシを出して話をしたら、元山さんが大げさに頷いて口を開いた。

「〈まめかしや〉は君の仕事だったんだ」

道理で、と笑った。

「どこがやったんだろうって感心していたんだ」

良い仕事だよって。

「ありがとうございます」

素直に笑顔になって、頷けた。実は、叫びたいほど心の底から嬉《うれ》しかった。

元山さんがお世辞で言ってないことはわかった。私の仕事は、デザインは、衰えたわけでもなんでもない。あの頃と同じなんだって確認できたことが心底嬉しかった。

でも、同時に。

たぶんちょっと顔を赤らめてしまったのは、褒められた嬉しさが七十パーセントだったけど、三十パーセントは、恥ずかしさだ。

元山さんに、今の仕事を知られてしまった。

彼は、私があの百貨店から切られたことを知ってるはず。そしてこの町の小さなお菓子屋の仕事をしているってことが何を示しているかも瞬時に理解したはず。

そして、さらに小さなここの、このお店の仕事を受けるためにこうしてやってきたことも。

たぶん、賢木さんと同じように元山さんも、私の心のうちを見透かしたかもしれない。見透かさなくてもわかる。同業者だったんだもの。今の私の状況をもう何もかも元山さんはわかってしまった。

私を見る瞳の中に何かが揺れて、それから、微笑んだ。

「そうか、お義父さんがな」

二人は、顔を見合わせて小さく頷いた。

「改装の話はもちろん出ていたんだ。まだ修業中の身だし、先の話だからって放っておいたんだけど」

「そうですか」

「でも」

元山さんが、背筋を伸ばして居住まいを正して私を見た。思わず私も、そうしてしまった。もちろん奥さんの紗絵さんも。

「この店のリニューアルは間違いなくする。そのときはディレクションを、そしてお店のディスプレイを藤村くんに頼んでいいかな。ぜひお願いしたい」

「ありがとうございます」

よろしくお願いします。

「そういえばさ」

「はい」

「あの話は知ってるの？」

「あの話？」

何のことだろう。私がきょとんとすると、元山さんが少し笑った。

「〈まめかしや〉の〈満月〉の話」

「〈満月〉ですか？」

それはもちろん〈まめかしや〉のお菓子の名前。私が手がけるずっと以前からあるカスタードクリームが入った黄色くて真ん丸の、それこそ満月のような形のスポンジケーキで、それはもう鉄板の美味しさ。人気のお菓子で、その新しいパッケージは私が手がけたもの。

和菓子にはよくあるパターンだけど、切り込みを入れた花形の硬めの紙で立体的に包む形。真上から見ると切り込みを合わせた紙パッケージがちょうど四つ葉のクローバーのような形になっている。シンプルだから少し手を加えて〈満月〉を包む部分は六角形になるように工夫をしたけれど。

「やっぱり知らないんだ」

「何のことでしょう」

さっぱりわからない。元山さんも奥さんもにこにこしているから悪い話ではないんだろうけど。

「ちょっと待って」

立ち上がった元山さんが居間を出てどこかに行ってすぐに戻ってきた。手には、どこかのお菓子屋さんのものだろうと思われる小さめの四角形のクッキー缶。

「ほら」

パカンと蓋を開けると、そこには何枚もの〈満月〉のパッケージが丁寧に拡げられて収まっていた。

「実は、娘がいるんだ。なぎさっていう名前で、幼稚園の年少さん」

「あら」

可愛らしい盛りだろうと思う。

「これは今、なぎさの、いやなぎさだけじゃなくてこの町の幼稚園児や小学校低学年の女の子の間では命より大事なものになっているんだよ」

「ええ?」

このパッケージの紙が?

「〈まめかしや〉さんから聞いてない?」

「何も」

あそこは小さい子がいないからなぁって元山さんが続けた。

「〈満月〉の売り上げって、ここのところ伸びていない? そういう話はしないのかな?」

「いえ、それは言っていました」

確かに聞いた。ここのところぐんと伸びているんだって。新しいパッケージのおかげだって賢木さんは言ったけどそんなことはないと思う。新しくなったのは半年も前だし、売り上げが伸びたのはここ二、三ヶ月だって話だからお世辞だと受け取っていた。

「ちょっと、行ってみようか」

「どこへですか？」

「なぎさはね、幼稚園から帰ってきて近所の公園でお友達と遊んでいるんだ」

元山さんは奥さんに向かって頷いて、奥さんもわかりましたって頷いて。

どうしてそこに私が行かなきゃならないのかさっぱりわからないけど。

元山さんは急ぐ様子もなく、ゆっくりと歩いた。お蕎麦屋さんの白衣を着たまま、サンダル履きで。

あの頃のスタイリッシュな様子とは百八十度違う恰好《かっこう》で。

でも、その背中は、格好良かった。あの頃とは違うものかもしれないけれど自信に満ちあふれたお父さんの背中。

「なぁ」

店にいたときとは違う声音で私を呼んだ。昔と同じように。

「うん」

「自分を小さく感じてるだろ?」

「うん」

横に並んで、素直に頷いた。隠したってしょうがない。

「こんな小さな町の、小さな蕎麦屋のディスプレイなんかを引き受けようとしている自分が嫌になるだろ?」

それにも、頷いた。誤解して怒ったりしないだろうし、わかってくれるだろうから。素直に。

元山さんを見たら、苦笑いしてくれた。

「正直でよろしい」

「ごめんなさい」

「でもな、佐代子《さよこ》」

名前で、呼んだ。

たぶんこれが最後の呼び捨てだと思う。

「そんなに悪くないって思うぜ」

「どうして？」

立ち止まって、私を見た。もう眼の前には公園がある。

「ほら」

指差した。

風に乗って、子供たちの声が聞こえてくる。象さんの滑り台があって、ブランコが四つあって、砂場があって、鉄棒もある。典型的な住宅街の小さな公園。

お母さんたちも何人か集って、遊ぶ子供たちを見守りながら井戸端会議の真っ最中。

元山さんが指差したのは、たくさんの女の子たち。

きっとあの中に、元山さんの子供のなぎさちゃんもいるんだ。

「なに？」

何を見せたくて指差したのかわからなくて、陽差しに眼を細めるようにして見つめた。元山さんの指は確実に女の子たちを差している。

「え？」

あれは。

「〈満月〉？」

パッケージ？

「知ってる？」

元山さんが口にしたのは、女の子向けのアニメのタイトル。日曜日の朝にやっているもの。

「知ってる」

名前だけは。そして小さな女の子が変身して戦うというものすごい大ざっぱな内容だけは。観たことは一度もない。

「この間から始まった新シリーズで、主人公たちは皆スティックを持っているんだ。女王様が持つようなヘッドに大きな宝石をつけたような杖《つえ》。そのヘッドの形が、あれ」

微笑んで元山さんはもう一度、小さな女の子たちを指差した。皆が胸に付けている、あるいは頭にシュシュのようにして付けている。

〈まめかしや〉の〈満月〉のパッケージ。

私がデザインした、パッケージ。

「あれを三枚組み合わせて、うまく切り込みを合わせるとああいう形になる。それがそのスティックの」

「ヘッドの形なの？」

「もう、そのもの。形といい色といい」

そう思ってみれば、あの形は王冠のようにも見えてくる。

「誰が発見して誰が最初にああやって組み合わせたのかもうわからないけど、とにかく大人気なんだよ。女の子たちはとにかく〈まめかしや〉の〈満月〉を食べたがる。そしてそのパッケージを宝物のようにして扱う」

自分の手で組み合わせて、糊《のり》やセロテープなんか貼り付けて、ブローチやペンダントのようにあるいはアニメそのままに、色紙で作ったスティックの先につけて。

「幼稚園では女の子たちはほぼ全員、それを身に付けて遊んでいるよ」

アニメになっているんだから、まったく同じものはきっとオモチャ屋さんで売ってるに違いない。でもそういうものは一個買ったらそれで終わり。

「何個でも作って、身に付けたり外に持ち出したりして自由に遊べるからね。壊れたらまた作ればいい。本物そっくりのオモチャのものは皆家に置きっ放しだよ」

可愛らしい女の子たちが、園児たちが、小学生が、公園で楽しそうに遊んでいる。

その手に、胸に、髪の毛に、私のデザインしたパッケージが彼女たちの手で工夫されて、揺れている。

その笑顔に、どんどん頬が緩んでくる。嬉しくて、胸の奥から何かが湧き上がってくる。眼の奥が熱くなる。私は子供がいないしそもそも結婚もしていない恋人もいるんだかいないんだかわからないけど。

子供たちの笑顔がこんなにも嬉しいなんて、初めて感じた。ただその笑顔だけで、何もかもを信じられるかもしれないって思うなんて、初めて知った。

「いいんじゃないかな」

元山さんは、静かに言った。

「今の、君で」

何もかもを飲み込んでくれた上での言葉。私はほんの少し下を向いて、微笑んで、頷いていた。

ごく自然に。

子供たちの笑い声が響く中で。


大きな仕事を受けられなくなった。それは自分が小さくなったからだろうか。衰えたからだろうか。ネームバリューをなくしたからだろうか。

何をどう考えてもそれを受け入れるしかない。年老いて、肌の張りがなくなっていくように、首の皺《しわ》が目立ってくるように、身体のどこもかしこもが弛《ゆる》んでいくように。自分に与えられる仕事もその輝きを失っていくんだ。そう思っていた。

でも、違う。

昔の仕事の輝きなんか、ただ規模が大きいというだけだ。予算がふんだんにあったというだけだ。たとえれば、千人の人の眼に触れたというだけだ。

今の仕事は、千人と比較したらたった三人の眼に触れるだけかもしれないけれど、だからって私の感覚が衰えたわけじゃない。

私は、今の私のデザインをしている。

そこの誇りを失ったら、それはもう死んだと同じことじゃないか。

まだ、頭も手も足も動く。心のアンテナは、昔と変わらずくるくる動いている。

負け惜しみと笑わば笑え。

私がパッケージデザインしたお菓子の包み紙は、この町の幼稚園児や小学生の女の子に大人気なんだぞ。

スゴイ人気なんだぞ。

アニメ人気に乗っかったものでしかないけど。

「いいじゃん」

そもそもディスプレイなんて、人気者に乗っかる仕事なんだから。カッコよかったりするものを美しく展示して、さらに輝かせるのがディスプレイなんだから。

「ピッタリじゃん」

負け惜しみだって、戦った結果だ。戦わないより、ずっとマシだ。

戦ってきた私は、今ここにいるんだから。

わずか四分間の輝き

碧野 圭

碧野 圭（あおの・けい）
愛知県生まれ。東京学芸大学教育学部卒業。2006年、ワーキングマザーをテーマにした『辞めない理由』でデビュー。著書に、出版や放送業界を舞台にしたお仕事もの『書店ガール』『失業パラダイス』『情事の終わり』、フィギュアスケート小説『銀盤のトレース』シリーズがある。

「うちはフィギュアスケートの専門誌じゃないので、一般の人にも興味が持てるような話がいいんですよ」

編集者の松岡大輔《まつおかだいすけ》はフリー・ライターの山口奈央《やまぐちなお》の出した企画書を手に、愛想笑いしながら言う。松岡は二十七か八、自分よりひとつかふたつ年下だろう、と奈央は見当をつけている。松岡はまるで漫画に出てくる好青年のようなきれいな歯並びをしている。

「ええ、その、普通の人にはフィギュアの採点法とかわかりにくいんじゃないか、と思ったんです。よく、ネットにもそういう意見が出てますし。それで、採点をわかりやすく解説するような記事がいいか、と」

奈央はぼそぼそと遠慮がちな口調で言い返した。生意気だと思われても困るが、仕事のことなので相手の意見を丸呑《まるの》みするわけにもいかない。自分にもフィギュアスケートのライターを十年近くやってきた意地がある。松岡は「スポーツ・ラブ！」というスポーツ総合誌の編集者だが、その彼より自分の方がフィギュアに関しては詳しい、という自負もあった。

「その、採点の細かなこととか、技術の解説とかは、文章で書いてもわかりにくいでしょう。ごちゃごちゃ説明されると面倒だと思われて、うちの読者には読んでもらえないんですよ。総合スポーツ誌と言っても、うちの読者はサッカーファンと野球ファンがほとんどですから」

口調は丁寧だが、松岡は不自然にまぶたをぱちぱちさせている。奈央の反論に少し苛立《いらだ》っているらしい。やっぱり来るんじゃなかった、と奈央は後悔している。紹介してくれた先輩ライターの顔を立てて会うことにしたのだが、フィギュアスケートに興味のない相手は、奈央の提案する企画にことごとく難色を示す。

「だったら、どういう記事がいいのでしょうか」

表通りに面した一枚硝子《ガラス》の大きな窓から、午後の明るい陽射しがロビーに降り注ぐ。大手出版社である一つ星出版の広いロビーには、ゆったりした間隔で椅子と丸テーブルが置かれている。十以上ある席のほとんどが、奈央たちのように仕事の打ち合わせをする人々で埋まっている。

「やっぱり人間ドラマでしょう。フィギュアの選手は一般にも人気があるし、佐伯梨《さえきり》花《か》とか城戸《きど》あかねはアイドル的な人気がある。そうした選手の人間性がわかるような記事がいいんですよ」

「そうですね。だけど、彼女たちはいろんなところで記事が出ているし、いまさら目新しい情報っていうのはなかなか……」

　ブームになってからは、いろんなマスコミがフィギュアスケートの取材をするようになり、有名選手の一挙手一投足を追いかけている。奈央がこの仕事を始めたのはまだ大学生だった十年ほど前のことだ。当時は全日本選手権でも観客席はがらがら。テレビや新聞など大手はほとんど取材には来なかったものだが。

「そこはそれ、餅は餅屋。山口さんはフィギュアの専門誌でずっとやってこられたんだから、我々の知らないことも知ってるんじゃないでしょうか？」

「たとえば？」

「選手たちの恋愛事情とか。あんまり表には出ないけど、フィギュアの選手だって結構、遊んでいるんでしょ？」

　松岡の顔が少し下卑《げび》て見えた。大手出版社の編集者と言っても、そのへんの野次馬とあまり変わらないいんだなあ、と奈央は思う。

「そうでもないですよ。一流の選手はずっとリンクにこもっているし、睡眠時間とか食事量とか、日常的に節制しないとやってられないから、遊ぶといっても普通の人に比べるとたいしたことないですよ。そもそも日本の選手は真面目だし、『恋愛感情なんて忘れてしまった』というくらいストイックに練習に打ち込んでいる選手も、結構いますから」

「とは言っても、セクシーに滑るには日頃、遊んでないとできないでしょ。ほら、役者だって『遊びは芸の肥やし』って言うくらいだし。ロシアのコーチが日本のトップ選手に『恋をしなさい』なんて言ってたじゃない」

「それはまあ、そうです。フィギュアスケートはスポーツだけど、同時に踊りでもあるし。人間性はどうしても踊りに現れますから」

「ですよね。城戸あかねとか、高校生なのにすごい色っぽいじゃない。いろいろ経験していないとああいう演技は出来ないな、と思うんですよ」

「城戸あかねですか」

あかねは、愛知のスケート名門高校の二年生だ。今シーズンからシニアに上がり、いきなり全日本選手権で三位になった。アイドルのような愛くるしい容姿とあいまって、人気が急上昇している。

「そうですね。彼女はスケートと遊びをうまく両立させるタイプの選手ですね」

「彼女、つきあっている相手がいるんでしょう。山口さんなら知ってるんじゃないの？」

編集者が挑発するようにこちらの顔を見る。自分の情報収集能力を試しているのだろうか、と思う。だったら、応えてやろうじゃないの、と奈央は思う。

「ええ、まあ。同じ高校の下級生が相手らしいですよ」

ここまで知っているのは、おそらくフィギュアのライターの中でも自分だけだ。

「へえ、まさか、峰悠斗《みねゆうと》？」

「あ、峰くんをご存知でしたか」

「もちろん。この前、世界ジュニアで優勝した子じゃない。演技は見たことないけど、名前くらいは知っているよ」

フィギュアは詳しくないと自分では言うが、思ったより松岡は知識がある。まだジュニアの選手である峰悠斗の名前を知っているだけでなく、彼の在籍している高校名も把握している。だてに総合スポーツ誌の編集者をしているわけではないらしい。

「城戸あかねと峰悠斗か。意外だな。それって、あんまり知られていない話でしょ？やっぱり専門誌のライターは詳しいなあ」

「そんなことないですよ。私が知っていたのは、たまたまです」

いくら自分が雑誌のライターだからと言って、選手の男女関係までいちいちチェックはしていない。狭い世界だからいろいろ選手の噂《うわさ》は耳に入るが、城戸あかねと峰悠斗の関係を知る人はほとんどいないだろう。ブルガリアの世界ジュニア選手権の帰り道、優勝した峰悠斗がふと「城戸あかねとつきあっている」とチームメイトに漏らした。たまたま後ろの席に居た奈央も、それを聞いてしまった。しかし、峰が隠したいようだったので、その場は聞こえないふりをしてやりすごした。人に話したのも今回が初めてだ。

「ねえ、それを記事に書いてみない？」

「えっ？」

「恋愛がスケート選手に及ぼす影響というか、セクシーな演技が出来る選手とそうでない選手の違いみたいなことを書くと面白いんじゃないかと思うんだよ」

「それって、なんか暴露記事みたいじゃないですか」

思わず顔がゆがむ。知名度は高くても、フィギュアの選手はタレントではない。みなアマチュアだし、あかねも峰もまだ高校生なのだ。異性関係のことを第三者が勝手に公表するのは間違っていると思う。

「いや、女性週刊誌みたいなことを書いて欲しいわけじゃないよ。うちはこれでもスポーツ誌だからね。日本人には理解しにくい、表現ということについての記事を書いて欲しいんですよ。その例として恋愛を引き合いに出すとわかりやすいし、読者の興味を引くでしょう？」

松岡はそれから滔々《とうとう》と自分の論を言い募った。そもそも表現ということが日本人には理解しにくい。なぜなら、日本は静の文化だからだ。日常的にも感情を表に出すことをよしとしない。目で物を言うとか、空気を読む、ということが口に出して言われる文化なのだ。身体全体を使って他者とコミュニケートしようとする欧米とは根底から違っている。そこから生まれる表現芸術は、能にしろ日本舞踊にしろ極限まで無駄な動きを排除して、観客のイマジネーションに委ねる。それに親しんでいる人間には、いざ試合だからと言って豊かな感情表現をしたり、セクシーな動作をしたり、ということは精神的な抵抗がある。まして恋愛経験のない選手には、難しいだろう……。

「……で、日本人選手でも表現力の豊かな選手はどこが違うか、ってことを、原稿で書いて欲しいんですよ。城戸選手を具体例に出してね。……うん、これならうちの読者にも受けるし、いい記事になると思いますよ」

「ええ、でも、そこまで出来ているんでしたら、私が書くより松岡さんがお書きになった方がいいんじゃないですか？」

それが正直な感想だ。この編集者は私に企画を提案させるまでもなく、自分でやりたいことが最初から決まっていたんじゃないだろうかと、思えてくる。

「いやいや、そこはそれ、餅は餅屋ですよ。しゃべるのは簡単だけど、僕には文章を書いてまとめる力はないし。だいたい、フィギュアに強いライターの山口さんが書くから、こういうことは説得力を持つ」

「やっぱり、城戸さんの恋愛のことについては、書いた方がいいんですね」

「もちろんですよ。ただ抽象的な論では説得力がないし、普通の人は面白くない」

「でも、ちょっと危険なネタですね。関係者にはあんまりよく思われないかもしれない」

「それも書きようでしょ。それに、もしそれで誰かに何か言われたらこちらで対処しますから、とにかく書いてみてくださいよ。もし、これの評判がよければ、山口さんにはうちでいろいろお願いしたいと思いますし。山口さん、フィギュア以外のスポーツの記事も書いてみたいでしょ」

「え、ええ。もちろん」

「だったら、まずこれをいい記事にしてくださいね。三月号に掲載しますから。そうですね。文字量的には三千字くらい。締め切りは今月末日ということでどうでしょう」

打ち合わせが終わって「スポーツ・ラブ！」の編集者と別れると、玄関前にある受付に訪問者カードを返却した。美人の受付嬢が微笑《ほほえ》んでそれを受け取った。受付の横には一つ星出版の一連の刊行物を並べたガラスケースが展示されている。今月の新刊という題字が眼に入る。小説から実用書まで幅広い本が並んでいる。一番目に付くところに、現在ベストセラーの一位になっている人気作家の最新作が飾られていた。雑誌も表紙を表にして置かれている。ファッション誌からワーキングマザー雑誌、文芸誌、コミック誌、ゲーム誌、タウン情報誌と実にさまざまだ。「スポーツ・ラブ！」の最新号も、もちろんある。

一ヶ月にこれだけの出版物が出ているなんてすごいな。やっぱり総合出版社だな。こういう会社で仕事できたら、やっぱりいいだろうな。名前も売れるだろうし、うまくすればほかの雑誌の仕事を紹介してもらえるかもしれないし。

しかし、松岡の依頼は気が重かった。一応、書いてみますと答えたものの、かなり危険なネタだ。下手をすると、フィギュア関係の仕事がやりにくくなるかもしれない。選手の実名を出さずに、うまく原稿をまとめられるだろうか。だけど、松岡という編集者は、城戸あかねの話で書け、って言ってたからなあ。

一つ星出版のある飯田橋からＪＲの総武線に乗って大久保駅で降りる。次に向かう仕事場は新宿の外れにあるから、大久保から歩いた方が近い。駅から徒歩十分、小滝橋通り沿いの小さな雑居ビルの三階に「フィギュアスケート・メモリー」の編集部がある。フリーで仕事をしている奈央のホームベースとも言うべきフィギュアスケートの専門誌だが、発行は年に四回ほど。不定期に刊行されている。他社から出ているフィギュア雑誌も似たり寄ったりの刊行ペースだ。空前のフィギュア・ブームなんて言われるが、月刊誌ひとつ成立しない。薄っぺらなものだ、と思う。

こちらの会社には受付がないので、エレベーターで直接、三階に上がる。扉が開いた途端、あたりの景色が霞《かす》んで見える。煙草の煙ごしに乱雑な編集部の様子が目に飛び込んでくる。壁一面びっしり置かれた本棚、資料や写真が乱雑に積まれた編集者たちの机。十年以上通って見慣れた光景なので、この乱雑さにどこかほっとする。

「ああ、奈央ちゃん。いいところに来た」

編集者が自分の席から声を掛けてくる。

「なんでしょうか」

狭い机の間を縫って奈央は編集者に近づいていく。担当編集者の米原英治《よねはらえいじ》は奈央が仕事を始めた十年前からの付き合いだ。米原はフィギュア雑誌のたったひとりの専任編集者で、もう二十年近くこの雑誌をやっているという。同じフロアにはコミック編集部もあり、この会社ではそちらの方が中心的な存在だった。

「あのさー、困ったよ。世界選手権の取材申請、却下されてしまったんだ」

「えっ、ほんとですか？」

奈央が思わず大声を出したが、ざわついた編集部では誰もこちらに関心を払わない。昼間は取材や打ち合わせで出払っているスタッフが編集部に戻ってくるので、夕方の今頃が一日で一番、活気づく時間なのだ。

「そんな、まさか。うちが断られるなんて。何かの間違いじゃないんですか」

一ヶ月後にフィギュアの世界選手権がある。シーズンを締めくくる一番大きな試合だ。ライターを始めてから奈央はこの大会を観にいくことを欠かしたことはない。宿や交通費は自腹で出すが、自由に大会を観て取材をするために、編集部を通じて毎年スケート連盟に取材申請を出していた。例年パスしていたこの申請が、今年に限ってダメだというのは、奈央には信じ難い。

「今年は会場がロスで、運が悪いことにドジャー・スタジアムでやるワールド・ベースボール・クラシックの直後だろ。そっちに行く日本のマスコミがついでにスケートも取材していこうって言うんで、申請が殺到したのよ。それで審査が厳しくて、うちみたいなマイナー雑誌は弾《はじ》かれちゃったってわけ」

米原が煙草をぷかっと吹かせた。最近では社内全体が禁煙の出版社も多いが、ここは社長が愛煙家のせいで、いまだに喫煙派が幅を利かせている。

「だけど、『フィギュアスケート・メモリー』は日本でも数少ないフィギュア専門誌じゃないですか。それに、昔からずっと取材をしているのに……」

それこそ大手のマスコミがフィギュアスケートに見向きもしなかった頃から、この出版社はずっとフィギュアを追いかけてきた。自分が高校生の頃はネットも今ほど発達していなかったし、「フィギュアスケート・メモリー」が唯一のフィギュアの情報源だったと言っても過言ではない。

「いやいや、関係ないよ。審査するのはアメリカ人だし、こっちが専門誌かどうかなんてわからないもん。それより名前の通った新聞社とか、大手出版社を優先するって。そこで掲載される記事が、ほんの囲み程度の大きさだとしてもね」

「悔しいですね」

「まあ仕方ないね。うちの会社がマイナーなのは事実だから。いいよな、大手は。俺だってＷＢＣとフィギュアをはしごしたかったよ」

いまいましそうに、米原は煙を吐き出した。エアコンの風向きのせいか、煙は奈央の方に漂ってくる。気づかれないように奈央はそっと身体の位置をずらして、煙をやり過ごした。

「だけど、世界選手権の記事がないと、やっぱり困りますよね。試合内容自体はスポーツチャンネルとかでもチェックできますけど、やっぱり選手のコメントも欲しいですよね。どうしましょうか。私からほかのライターに頼んで、記者会見の音源だけでももらいますか。それと、現地の新聞やテレビの反応とかをまとめれば、それで……」

思いつくフォローの仕方を奈央が懸命にまくし立てていると、編集者が手を振ってそれを制した。

「いや、それは大丈夫そうだ。秋山《あきやま》さんが別の雑誌で取材許可が取れたっていうから記事はそっちに任せられるし、カメラの方は安さんだから連盟に顔が利くし。なんとかなりそうだよ」

秋山というのは、最近フィギュアの仕事を始めた若いライターだ。可愛《かわい》い顔のわりには仕事は粗忽《そこつ》で、指定された文字数を間違えたり、打ち合わせを忘れてすっぽかしたりする。原稿内容もミスが多い。つい最近は、まだ現役で活躍中の海外選手を「引退した」と書いて物議をかもした。しかし、舌ったらずな秋山に「ごめんなさい」と上目遣いに言われると、米原は怒りもせず、「次からは気をつけてね」のひと言で終わらせるのだ。自分が同じことをやったら、嫌味のひとつも言われるだろうに。

「じゃあ、今年は私は世界選手権の記事は担当できないんですね」

「悪いね。だけど、世界ジュニアの方は任せるからさ。今回は峰悠斗の優勝があるから、六ページ取るよ。峰くんでどんと見開き、組んでよ」

米原は機嫌を取るように、奈央のお気に入りの峰悠斗の名前を出した。奈央は口元を緩めて、なんとか笑顔を作った。しかし、気持ちは澱《よど》んでいる。

ここ数年、「フィギュアスケート・メモリー」の世界選手権のページは奈央がメインライターとして作ってきたのだ。それを誇りに思っていただけに、そこからあっけなく弾かれてしまうのは思いのほかショックだった。

自分でなくても、取材して記事が書ければ誰でもいいんだ。いや、若くて可愛い秋山にやってもらった方が米原には嬉《うれ》しいのかもしれない。ライティングの実力だけなら、絶対に私の方が上なのに。十年も付き合っているのに、しょせん編集者にとってライターなんてそんなもんなんだな。

「それから、もうひとつ、この前の城戸あかねのインタビューなんだけどさ」

米原が机の隅に積んだ紙の束の中をごちゃごちゃかき回し始めた。米原は整理整頓が下手だ。いつも原稿やら資料をどこかに埋もれさせて探し物をしている。

「インタビューがどうかしたんですか？」

全日本選手権で三位になった後で申し込んだ単独インタビューだった。シニア初参戦で表彰台に立つ快挙を成し遂げた後だったので、あかねも機嫌よくしゃべってくれたものだった。

「結構、盛大に直しが入っちゃったんだよ。……あ、これこれ」

米原が書類の中から二、三枚の紙を取り出した。

「え、こんなに」

原稿のあちこちに「削除」という文字が踊り「ここ、表現変えてください」という指定がされている。

「いままで城戸さんからは赤が入らなかったのに」

インタビューをまとめた原稿は、掲載前に取材相手にチェックしてもらう。こちらの聞き間違いや事実誤認を訂正してもらうのが一番の目的だが、取材の時しゃべったことでも、後になって相手が記事にしてほしくないと思う場合もある。そうした部分を削るのも、原稿チェックの目的である。しかし、城戸あかねもその専属コーチも、取材原稿に対してうるさい方ではない。いままで何度もインタビューを取っているが、単純な事実誤認以外の訂正は入ったことがない。

「今月からエージェントがついたんだよ」

米原が有名なスポーツ・マネージメントの会社の名前を挙げる。

「だから、そっちのチェックが入ったってわけ。エージェントは彼女をスケート一筋の優等生に見せたいのよ。練習さぼってコーチに叱られたなんてこと、書いて欲しくないわけ」

「そうですか……」

「まあ、それだけあかねもビッグになったってことよ。そうなると、うちもやりにくくなるけどね。これだけあかねでページ数を取るんなら、次回からはギャランティを貰《もら》う、って言われたよ」

「うちは昔から城戸さんの取材もしてきているし、無名の頃でもずっとフォローしてきたんだから、特別扱いしてくれてもいいのに」

あかねを最初に取材したのはいつだろうか。たぶん、自分がこの雑誌の仕事を始めたばかり、日本スケート連盟が主催する新人発掘合宿を、初めて取材に行った時のことだ。あかねはまだ小学校低学年で身体も小さかったが、何十人もいる合宿生の中でも目を引いた。与えられる課題を真っ先にやろうとしたし、習ったことがうまくできないと最後まで残ってひとりで練習をしていた。その熱意に打たれて思わず声を掛けた。その時のあかねの強い目の輝きを奈央はよく覚えている。

あかねがノービスの大会で優勝したのは、その翌年のことだったっけ……。

「あかねくらいになると、もうプロと変わらないね。菓子メーカーのＣＭも決まったっていうしさ。フィギュアスケート選手という肩書きのタレントだよ」

米原はにがにがしげに言う。「有名になると、うちみたいな弱小雑誌には目もくれなくなるからなあ」

有名になって変わるのは周りの扱いだ。選手が変わるとは限らないと、奈央は思う。どんなに有名になっても態度の変わらない選手も少なくないが、なかには勘違いする選手もいる。あかねはどちらだろうか。

「悪いけど、そんなわけで大至急、直してくれる？　直したやつを確認したいから、もう一度送ってくれって言われているから」

「えっ、二回もチェックが入るんですか？」

普通は一度直しの指示が入ったら、それ以上チェックされることはない。指示通り編集部が原稿を直してくれる、という暗黙の信頼関係が取材者との間にあるからだ。

「まあ、エージェントとしたら最初の仕事だから、張り切っているんだろうね。面倒だけど、仕方ないよ」

「わかりました」

不愉快さに輪を掛ける。何だと思っているのだろうか。ちゃんと直さないとでも思っているのだろうか。エージェントだかなんだか知らないが、こっちはプロだし、昔からあかねのことを追いかけてきたというのに。

「今日中に向こうにファックスしたいんだよ。よろしく頼むね」

米原から赤字の入った原稿を受け取ると、奈央は編集部の隅の大テーブルに向かった。フリーのライターの仕事スペースだ。簡単な直し作業や校正はここでやることになっている。

「あ、奈央、お久しぶり」

テーブルには先客がいた。ライター仲間の本谷真理奈《もとやまりな》だ。同い年ということもあって、奈央とは仲がいい。

「ね、聞いた世界選手権のこと」

真理奈も校正していたのか、赤ペンを握っている。

「聞いた、聞いた。ひどいねー。『メモリー』がダメだったらどこがＯＫだって言うんだろ」

奈央は真理奈の横に荷物を置いた。ちょっと愚痴を言いたい気分だ。同じ雑誌で仕事をするライター仲間でもとくに気の合う真理奈は、こういう時、格好の相手だった。

「で、奈央はどうする？　それでも行く？」

「うーん、ほんとは見ておいた方がいいんだけど、今年は特集の担当も出来ないし、そうなるとギャラが出ないからなあ」

「えっ、今年は奈央じゃないの？　誰がやるの？」

「秋山さん。別の雑誌で世界選手権の取材申請が通ったみたいだよ」

「やっぱり。あの子、週刊誌の仕事も始めたみたいだからね、そっちから手を回してもらったんだな」

「へー、週刊誌の」

「要領いいからね、あのカマトト」

真理奈の言い方には棘《とげ》がある。真理奈は以前から「裏表のある子」だと秋山のことを嫌っていた。

「だけど、週刊誌ってフィギュアのページ、そんなにあるの？」

「さあ。たぶん、試合の後、人気スケーターがらみで二ページとか四ページとかやるくらいなんでしょうね」

「それでも取材許可が下りるんだ」

「だって、版元が星川書店だもの。うちと違って大メジャーだもん。部数も大きいし、通りがいいよ」

「そっかー。雑誌の性質ではなく、部数で決められたら、かなわないのか」

「あたしたちも、いつまでもフィギュア雑誌の仕事ばっかりやっていちゃダメかもね。これだけいろんな雑誌がフィギュアを取り上げると、フィギュア雑誌とかフィギュア・ライターなんて意味なさなくなるし、大手は資本があるから、経費も掛けられるしさ。秋山さん、取材費出してもらえるんだろうな。いいなあ」

「私たちなんて、取材に行けたとしても、基本自腹だしね。せめて原稿料で回収しないことには大赤字だよ」

「私も大手に売り込みに行こうかなあ」

嘆息《ためいき》交じりの真理奈の言葉を聞いて、奈央は「スポーツ・ラブ！」の依頼を思い出した。

やっぱりあの依頼をちゃんとやった方がいいのかな。いまいち気が進まないんだけど。

「あ、そう言えばさ、真理奈は来週の愛知県の大会はどうする？」

「うーん、迷うとこだけどね。城戸あかねは出るの？」

世界選手権クラスの選手になると、ローカルな大会には欠場することも少なくない。

「いまのところ、出場予定を取り消してはいないよ。ローカルテレビの取材も入るって言うし、小塚杯の最有力候補でもあるしね」

小塚杯というのは愛知県のスケート連盟の創始者の名前からつけられたもので、その年、愛知フィギュアスケート競技会で顕著な活躍をした選手一名に贈られるものだ。フィギュアのメッカである愛知県の賞なので、過去の受賞者も錚々《そうそう》たる名前が並ぶ。

「それより峰悠斗が出るんでしょ。奈央としたら、そっちが見逃せないんじゃない？」

「えへ。それはもちろん。世界ジュニアに優勝した凱旋《がいせん》試合だしね」

「私はどうしようかなー。拓ちゃん出ないしなあ。この時期、仕事も立て込んでるし」

拓ちゃんというのは、やはり愛知県出身の有名スケート選手で、真理奈が贔屓《ひいき》の山本拓哉《やまもとたくや》選手のことだ。奈央も真理奈もフィギュア・ライターのご多分に漏れずファン上がりである。取材費も出ない試合にわざわざ出掛けるのも、仕事半分趣味半分である。スケート選手の寿命はそれほど長くない。ピークと言える期間はわずか七～八年だ。一年に出場できる試合もそれほど多くはない。どんなに多い選手でも年間十試合を越えることはない。トップ選手になればアイスショーでも見ることができるが、やはり試合での演技の迫力は格別だ。自分の好きな選手が出る試合は、なるべくたくさん見ておきたいと思う。

「私は日帰りで行こうと思ってる」

「えっ、それで帰れるの？」

「うん。調べたら名古屋発ののぞみの最終は22時10分だって。今回の会場は私鉄の駅の近くだし、最後まで見ても、なんとかなると思う」

「奈央、元気だねー。私はとても無理だわ。よる年波には勝てないよ」

「何言ってるの。同い年のくせに」

真理奈と話をしているうちに、少し気が晴れてきた。いろいろあるけど、まあ、なんとかなるだろう、と楽観的な気持ちが湧いてきた。チェックの入ったゲラを広げ、猛烈な勢いで直し始めた。

「ただいま」

原稿の直しをした後、アポ取りや写真の整理を編集部でやって、帰宅したのは十時近くになっていた。

「お帰りなさい。夕食は？」

迎えに出てきた母は風呂上がりなのか、すっぴんでパジャマの上にガウンを羽織っている。

「ライターの友達と外で食べてきた」

「いらないなら、先に言ってよね。あなたの分、作らなきゃよかった」

母がぶつぶつ小言を言う。

「まったく、あなたは不規則なんだから。食事を作る身にもなってよ」

だから、外出する時には夕食の用意はしなくていいって、いつもあれほど言ってるのに。そう言いたいところをぐっとこらえる。

だって、外食や買い食いばかりじゃ身体に悪いじゃない。それに、夜中にあなたが台所でがさがさ作っているのも迷惑だし。夜型だと、光熱費も余計に掛かるのよ……。

何度も聞かされた母の言葉が、頭の中にリフレインされる。

「ごめんね。明日のお昼に食べるよ」

謝っておかないとしつこく小言が続く。年を取ったせいか、近頃は母の小言が長い。

鬱陶しいと思うが『嫌なら自立すれば』と言われるのがわかっているので、反論のしようもない。自立したいのはやまやまだが、東京の高い家賃を払ってやっていける自信はない。だから、いくら嫌がられても、家に居座るしかない。

「ったく、何度言っても直らないんだから」

相手をしても仕方ないので、適当に聞き流す。昔より、そういうこともうまくなった。

「ところで、あなた宛に手紙が来てたわよ」

「どこ?」

「電話のところ」

サイドボードに目をやると、厚手の真っ白い角封筒が置かれている。毛筆で書かれた宛名、裏には寿の封印。ひと目でわかる結婚式の招待状だ。

今年に入ってもう三件目だ。同級生は自分と同じ二十九歳だから、二十代のうちに駆け込みで結婚しようって言うのかな。当分予定のない自分はご祝儀を渡すばかりで、なんだか損したような気分だけど。

「このところ多いわね。やっぱりそういう年頃なのね」

母があてつけがましいことを言う。まともに就職しないなら、せめて結婚だけでもして親を安心させなさい。そう言いたいのはみえみえだ。しかし、彼氏いない歴二年の奈央にはそんなあてはない。聞こえないふりをして封を開けると、高校の同級生の名前が飛び込んできた。

ああ、美加《みか》か。彼女、つきあってる人、いたんだ。

つい二ヶ月前、高校の時のグループの仲間の結婚式があった。同じテーブルだったのでいろいろ話をしたけど、そんな話はまったく出なかった。

ライターなんて華やかでいいわね。有名人にも会えるんでしょ。私なんて、毎日お茶くみと伝票整理よ。

薄い唇を尖《とが》らせて、そんなふうにぼやいていた。おじさんばかりで出会いもない、と言っていたんだけど、あの時はもう結婚は決まっていたんだろうな。

「あら、今度は美加さんなのね」

母が後ろから覗《のぞ》き込んでいる。

「見ないでよ」

奈央は手紙を胸に押し付けて、母の視線から隠した。見られて困るものでもないが、なんとなく不愉快だ。

「あらいいじゃない。おめでたいことなんだし」

「私に来た手紙でしょう」

「美加さんねえ。地味な感じの人だったのに、先を越されたわね」

母はどうしてこんなにいらっとさせるのがうまいのだろう。こういう時、親元に暮らしているのが、心底嫌になる。

「あなたも最近、浮いた話がないわね。そんなにフィギュアの試合ばっかり追いかけないで、少しは自分の彼氏を捕まえる努力をしたら」

「どうでもいいでしょ。それより、そんな格好でうろうろしていると、風邪をひくわよ」

さっさと寝てよ、と言いたいところを、なんとか堪《こら》える。

「もう寝るわよ。あなたも早くお風呂に入ってね。ガス代がもったいないから」

「はいはい、わかりました」

「返事は一回にして」

今度は母がいらっとした顔をして、扉を閉めて出て行った。やれやれと、溜息を吐《つ》いたところに「グラジュエーター」のテーマ曲が鳴った。仕事相手からの電話の着メロだ。慌てて携帯を取り出す。

「もしもし、山口です」

『宮本《みやもと》です』

相手はカード会社のＰＲ誌の編集者だった。不定期で取材費の掛かるフィギュア雑誌の仕事だけではとても食べてはいけない。金払いがよく、拘束も少なく、毎月決まった量の仕事をくれるこのＰＲ誌が、奈央の収入の基盤を成す。

「あ、すみません。今月の企画、そろそろ出す時期でしたね」

『いえ、それは金曜日までにもらえればいいんだけど……』

くぐもったような声で宮本が返事をする。いつもより声のトーンが一オクターブくらい低い。

「なにか、あったのですか」

『実はね。ウチの雑誌、次の号で休刊になることが決まったの』

「えっ……」

思わず絶句した。ＰＲ誌は店売りの雑誌と違って売り上げに影響されることはない。だから、こちらが休刊になるなんてことは、考えてもみなかったのだ。

『つい、さきほど、先方から正式な通達が来たの。電話で悪いけど、こういうことは早く知らせておいた方がいいかと思って。フリーの人はほかの仕事との兼ね合いもあるし、噂とかで伝わるのは嫌だから』

「休刊の理由はなんなんですか？　売り上げとは関係ないんですよね」

『経費節減ですって。やれやれよね。ほんと、不況のせいでどこも世知辛いから』

宮本の会社は小さな広告代理店だ。カード会社の依頼を受けて、雑誌を製作している。

「そうですか……」

『実は前から何度もこのことは取り沙汰されていたんだけど、今までの担当は話のわかる人でね。顧客サービスのために続けるべきだ、と言ってくれていたの。だけど、この春から担当が替わることになってね。そうしたら、いきなりばっさりよ』

宮本が溜息を吐く。

「全然、知らなかったので……。急な話なのでびっくりしました」

『ほんとにね。次でお終《しま》いなんて、こっちも驚いている。せめて、三ヶ月くらいは猶予をもらえると思っていたんだけど』

宮本の会社でも、カード会社との取り引きは大きい。それが無くなってしまうと、経営的にも苦しくなるだろう。

『そんなわけで、山口さんにも迷惑を掛けるけど、ごめんなさいね』

「いえ、とんでもない。そちらにはたいへんお世話になりましたし、次の号までは一生懸命、やらせていただきます」

『ありがとう。じゃあ、来週早々にも打ち合わせ、しましょうね』

宮本の電話を切ったあと、奈央はリビングのソファにへたりこんだ。足元が崩れるような衝撃だった。カード会社の仕事は安パイ。そう思って、気楽にやってきたのだが、それがいざ無くなるとなると、途方もなく心細い。

ライターと言っても、ほとんどフィギュア雑誌しか知らない自分は、出版業界に繋《つな》がりも少ない。そんな自分にとって、宮本のくれる仕事はセーフティ・ネットのようなものだったのだ、と初めて気がついたのだ。

こうなったら、仕事を選んではいられない。

目の前にあるチャンスは、なんとしても生かさないと。

奈央は目を瞑《つむ》った。目の裏に、あかねの明るい笑顔が浮かぶ。

ごめん、一度だけ許して。

奈央は誰にともなく、つぶやいていた。


「うーん、いいんですけど、もうちょっと具体的に書いてもらえませんかねえ」

案の定、松岡はシブい顔をしている。

「はあ、一応、実名も入れてあるんですけど」

「確かに、記事としては面白いです。期待以上でした。アイスダンスの選手のことは全然知らないんですが、昔のビデオを引っ張り出してきて、見てみたいと思いましたよ。選手も人間なんだな。愛憎劇がこんなふうに演技に反映したってのは、ほんと面白い」

「ありがとうございます」

「だけど、やっぱり話が古すぎる。長野五輪の頃の話じゃ、読者はみんな覚えていない」

「ええ、そうは思うのですが……」

一度は書くと決めたものの、やっぱり現役選手の恋愛関係を実名で書くのは憚《はばか》られた。悩みに悩んで、結局奈央が書いたのは、かつてのロシアのトップ選手のスキャンダルについてだった。古くからのファンには有名な話だが、一般の人にはほとんど知られていない。

「やっぱり今回の記事の読みどころは、城戸あかねの恋愛なんですよ。いまや大人気のスケート・アイドル城戸あかねの初恋。これだったら、みんなが読みたがる」

いや、初恋かどうかは、誰にもわからないんだけど。それに、スポーツ選手をアイドルと言ってしまうのはどうなんだろう。心の中で奈央はつっこみを入れる。

「あかねさんのことも、読む人が読めばわかるように書いてはおきましたけど」

「雑誌の記事はやっぱりタイトル勝負ですからね。城戸あかねって名前をタイトルに入れられるかどうかで、読者の関心は変わる。それでこの記事が読まれるかどうかが決まるんです」

「それは……わかるんですけど」

「やっぱり、なんですか? 実名を出すと、山口さんのお仕事に差し支《つか》えるんですか?」

「それは、わからないです。でも、フィギュアの世界は狭いから、いい顔はされないと思います」

　大きな試合などで何度も顔を合わせるので、各社のフィギュア担当者とは自然と顔馴染《なじ》みになる。そうしたところから仕事を紹介したり、されたりする。ライターとして悪い評判が立たないようにするのは大事なことだ。それに、なによりスケート連盟の人たちの反応が怖い。こういう記事を自分が書いたとわかったら、これまで築いてきた信頼関係が壊れてしまうかもしれない。

「だったら、ペンネームを使えばいいじゃないですか？」

「えっ？」

「うちの記事を書く時だけ別の名前にすれば、関係者にもわからないでしょう。僕としても、山口さんの立場を悪くするようなことはしたくないし、山口さんも余計な気を遣わなくてもすむでしょう」

「え、ええ」

「僕としたら、これだけ書ける人だったら、ほかのお仕事も頼みたいし。新しいペンネームで、気鋭のスポーツ・ライターとして売り出しましょうよ」

「本気ですか？」

「もちろんですよ。うちはスポーツ雑誌と言っても単に情報を載せるのではなく、スポーツ・ノンフィクションを読ませるのが目的なんです。書けるライターさんはどんどん書いて欲しいし、それを売りにもしている」

「スポーツ・ノンフィクション……」

どきどきするような提案だ。そうなると、いままでの状況から一歩踏み出すことができる。仕事の質も、ギャラも、変わっていくだろう。

「だけど……やっぱり城戸さんはアマチュアだし、まだ高校生だし……」

そこはどうしても引っ掛かる。城戸あかねのプライバシーを売って、自分がいい目を見ることには抵抗がある。

「アマチュア？　それはどうでしょうかね」

松岡が薄い笑みを浮かべる。この編集者は、笑うとかえって感じが悪い。皮肉屋というか、性格の意固地そうなところがふいに表れる。

「スポーツ界もいまはマネーの世界だ。とくにいまや国民的人気のフィギュアは金になる。地上波キー局のゴールデンタイムに視聴率二十%を稼げるのは、いまやサッカーとフィギュアくらいしかないわけだし。とくに個人が注目されるフィギュアスケートの選手には多くの金が動く。スポンサーがつくし、アイスショーやイベントにも呼ばれるし、ＣＭなどの契約もある。シニアのトップに立つ選手が手にする金額は一年間で何千万にもなる。そこらへんの芸能人顔負けだ。それで、ほんとにアマチュアって言えるのかな」

「それは……」

だが、彼らが稼ぐ金の多くは、選手生活を維持するために使われているのだ。そこが芸能人とは違う。コーチやトレーナーへの報酬、振り付けや衣装に掛かる費用、海外への遠征費、何より練習場所のスケートリンクの確保などなど、トップ選手で居続けるためには、年間一千万では足りないとも言われている。

「城戸あかねだってエージェントと契約しているし、ＣＭにも出ている。そのうち写真集や自伝も出すんでしょうね。それなのに、雑誌に恋愛のことを書かれたからって、どうなんですか。宣伝になる時だけマスコミを利用して、都合が悪いことは隠したがるっていうのはおかしいと思うんですよ」

いい宣伝か。

ふいに奈央の脳裏に先日見に行ったばかりの愛知スケート競技会のことが浮かんだ。愛知にはオリンピック代表になるような選手が何人もいるが、その時出場したシニアのトップ選手は城戸あかねだけだった。予想どおりあかねは二位に大差をつけて圧勝した。シーズン終盤で疲れが出ているせいか散漫な演技で、ミスも多く、得意のループ・ジャンプを失敗して大きく転倒した。

「こけちゃいました」

終わった直後のインタビューで、あかねはそう言って笑いをとった。ローカルな大会だが、愛知ではスケーターに対する注目度は高い。地元のテレビ局のカメラが入っていたのだ。

そうしてテレビカメラが回っている間は終始にこにこしていたあかねが、その直後、新聞・雑誌だけのインタビューになった途端、仏頂面になった。取材者は地元の新聞社が二社、あとはあかねの所属する学校の系列の大学新聞、そして自分だけ、と数が少なかったのが気に入らなかったのだろうか。こちらの質問には「ジャンプが決まらなくて残念でした」「はい。頑張ります」「世界選手権までには調整します」といった具合に、そっけない一言二言で終わらせる。なるべく早く切り上げたいということがみえみえだ。ありきたりな問答が続いた後、

「ループの着氷の時、エッジが氷に引っ掛かったように見えたのですが、どうなんでしょうか?」

と、奈央が踏み込んだ質問をした。演技についての具体的な話を聞いておきたかっ

たのだ。あかねはめんどくさい、というような顔をして隣の女性マネージャーの顔を見た。すると、マネージャーは心得たというように、

「もう時間がありませんので、この辺で終わりにしたいと思います」

と、すました顔で会見を打ち切った。そうして、マネージャーが肩を抱くようにしてあかねを退出させた。後生大事にマスコミの攻撃から遠ざけようとしているようだった。

こころが冷える思いだった。あかねは昔と変わってしまった。以前は媒体の大きさを見て、態度を変えるような子ではなかったのに。

聞かれた質問に、一生懸命答えようと言葉を探す真剣なまなざし。初めてインタビューしたときの幼いあかねの様子をまだ奈央は覚えている。それだけに、相手に対して態度を使い分けするいまのあかねが残念だった。

スターになると人は変わる。この仕事を長くやっていると、何度もそういう想いを味わう。見たくないものにも気づいてしまう。

ただのフィギュアファンだった方が、いっそ幸せだったかもしれない。

「それに、今回書こうとしているのは、不純異性交際というわけじゃないでしょう。むしろ、人気スケーターのさわやかカップルとして紹介すれば、むしろ読者には好感

が持たれる。城戸あかねにとってもいい宣伝じゃないですか」

松岡の言葉を聞いて、ようやく奈央は我に返った。まだ「スポーツ・ラブ！」の打ち合わせが続いていたのだ。

「ね、頑張って書いてくださいよ。山口さんには期待してるんですから」


セカンドリンクは刺すような緊張感が漂っている。今日の夜、世界一を賭けて闘う六人が、リンクに現れたからだ。ロスで開かれている世界選手権は、試合当日の朝の公式練習も一般公開されていた。記者としてではなく、一観客として訪れている奈央も、チケットを買って観に来ていた。練習用のセカンドリンクは狭く、ベンチとリンクの距離も近い。選手たちの様子も手に取るようにわかる。奈央はベンチの一番上に陣取って選手たちの様子を見ている。ベンチはわずか六、七列しかないから、全体を見渡すにはここが一番いい。

「ああ、奈央ちゃん、来てたんだ」

ふいに声を掛けられて見上げると、そこには日本スケート連盟の岩崎啓祐《いわさきけいすけ》がいた。奈央のことを気に入ってくれて、しばしばマスコミに出ない情報なども教えてもらっている。

「記者会見場でも顔を見ないから、今回は来られなかったのかと思ったよ」

そう言いながら、岩崎は奈央の横に腰を下ろした。

「『メモリー』の取材申請が却下されたんです。それで今回は取材じゃなく、ただの観客」

「聞いてるよ。申し訳なかったね。今回は日本のマスコミが殺到したみたいで。それにしても、専門誌を却下するなんて、どういうつもりなんだろう」

「仕方ないです。ＩＳＵ《国際スケート連盟》は日本のマスコミ事情までは知らないわけですし」

リンクでは今日の最終グループの滑走順に音楽が鳴り始めた。一番に滑るロシアの選手が真ん中に構える。ほかの選手はその邪魔にならないようにリンクの隅でそれぞれの練習をしている。ロシア選手は今日の演技で着る衣装を身に着けているが、顔はすっぴんだ。衣装の具合をチェックするのも公式練習の目的だから身に着けているが、化粧については崩れるのを恐れて、直前までやらないつもりなのだろう。

「だけど、それでも来るなんて、奈央ちゃんは熱心だな」

「宿や飛行機はずっと前に押さえていたし、運よく大会のチケットも取れましたから。それに毎年この大会に来てるから、今年だけ観ないのもやっぱり落ち着かなくて」

今回は公式練習も有料で一般にも公開している。安くはないが、これを観なければわざわざ現地に来た甲斐《かい》がない。

「ふーん、そういうものかな」

「幸いひとつ仕事が終わったところだから、気分転換もかねて、今回は取材じゃなくて純粋に観客として楽しみます」

そう、区切りをつけたかったのだ。あまり後味のいい終わり方ではなかった。それに、これからは、自分自身の仕事のやり方も変えていかなければならない。場合によっては、スケート以外の仕事をやることになるだろう。

「そう言いながら、奈央ちゃんは取材者の眼だったよ。にこりともせず、食い入るようにリンクを眺めてた。遠目にも、ただの観客とは違うことがわかったよ」

「そうですか。お恥ずかしい」

「日本だったら、僕が記者会見場に入れてあげるんだけどな。さすがに今回ばかりは……」

「ありがとうございます。友達に頼んで公式インタビューの資料はもらえることになっていますし、今回はファンサービスのための公開インタビューやスモール・トロフィーの授賞式が館内でもあるから、それなりに取材にはなります。それに、こうして公式練習は見られるわけですし」

リンクに第二滑走者の城戸あかねが現れた。初めてのシニアの世界選手権のせいか、いつもより緊張した面持ちだ。化粧をしていない顔がいくぶん青ざめているようにも見える。

「城戸さん、ショートはよかったですね。まさか最終滑走の六人の中に入れるとは思いませんでした。大健闘ですね」

「まあね。今回は本命と対抗のふたりが欠場しているから、チャンスと言えばチャンスなんだけど、あかねはよく頑張っているよ」

今年はオリンピックの次のシーズンなので、世界選手権の表彰台を狙えるような選手が何人か休養宣言をして欠場している。そのため上位も混戦状態になっている。トップの佐伯梨花は飛び抜けているが、二位の選手と六位のあかねはわずか三・〇しか差が開いていない。

「あれ、だけど、城戸さん、右足をどうかしたんですか？　テーピングもしているし、ちょっとかばっているみたい」

あかねはジャンプもほとんど跳ぼうとしない。公式練習をいいイメージで終わらせようとして、調子が悪い時はあえてジャンプを跳ばない選手もいるが、あかねの場合は調子がよくても悪くても、ぎりぎりまで何度もジャンプを試す。

「ジャンプも全然、跳んでないし。やっぱりどこかおかしいんですね」

「やっぱり奈央ちゃんの目はごまかせないね。あかねのやつ、右を捻挫してるんだよ。痛み止めを注射して出ているんだ」

「え、いつから?」

「ここに来る直前に県の大会でやっちまったらしいんだ」

「もしかすると、ループを失敗した時――?」

着氷の時、何かに足を取られたように、両足が開いてぶざまな格好になっていた。その時、おかしな方向に捩《ね》じってしまったのだろうか。

「そうみたいだね。ループはあかねが得意なジャンプなのに、着氷の時、エッジが何かを嚙《か》んだみたいになった、って言っていた。それで捩じってしまったらしい」

「そうでしたか」

それで、記者会見の時、仏頂面をしていたんだ。怪我《けが》の直後だったから、痛みが出始めた時だったにちがいない。一刻も早く、治療をしたかったのだろう。

「だけど、勝気な子だから『怪我を口実にしたくない。誰にも口外しないでくれ』って言ってるんだよ。幸いマスコミには気づかれていないが、奈央ちゃんみたいに見る人が見ればごまかしはきかないんだよね」

あかねは怪我を隠そうとしていた。だから合同取材の時、私の質問も逃げたかったんだ。まともに受け答えしていたら、怪我のことをしゃべってしまうかもしれない、と思って。

悪かったな。あかねの態度を自分は誤解していたかもしれない。スターになったからって、横柄になったわけじゃなかったんだ。

胸がずきんと痛んだ。

十年近く追っているのに、そんなことも自分はわからないなんて。自分は何を見ていたんだろう。

ふと、一つ星出版の松岡の顔が浮かんだ。

それなのに、自分は――。

リンクの上ではまだあかねが演技していた。あかねの顔に笑みはなかった。何かに耐えるように、逃れるように、ひたすら自分の演技に没頭していた。

「ナウ・ウィー・ウィル・イントロデュース・アカネ・キィドゥ」

アナウンスがあかねの名前を呼ぶと、歓声が大きくなった。フリーで圧倒的な演技を見せて三位になったあかねは、アメリカの観客にもたいへんな人気のようだ。スポットライトを浴びながら真っ白い衣装のあかねが現れた。いつものように、満面の笑みを浮かべている。観客の大きな歓声に応えるように、あかねは大きく右手を振った。

今日のエキジビションではスワンレイク、つまり「白鳥の湖」を踊ると発表されていた。同じ鳥でも、フリーで踊ったのは「火の鳥」。怪我の痛みを一途《いちず》な情熱に変えて滑ったあかねの演技は、観る者の胸を打った。今回は一転して静の演技が求められる。あかねが中央に立つと客席が静まり返った。息を呑む音さえ聞こえそうだ。あかねの演技に期待する観客の気持ちが手に取るように感じられる。

会場にハープのイントロが流れると、あかねは小さく腕を波打たせた。もう笑っていない。悲しい運命に耐える王女の威厳を湛《たた》えている。

オーボエの悲しげなメロディが主旋律を鳴らすと、あかねは静かに滑り出した。きれいなスパイラル、よく伸びるスケーティング。

若さゆえのはつらつとした踊りが真骨頂と言われるあかねだが、今日はしっとりとした女性らしさを湛えている。

初めてあった王子の視線を恥じらい、恐れながらも惹《ひ》かれていく。

そんな初々しい白鳥の王女の息遣いが、あかねの演技から伝わってくる。

音楽が盛り上がる。王女の気持ちの昂《たか》ぶりを表すように、ひらりと宙を舞う。

三回転ループだ。愛知フィギュアスケート競技会で失敗したジャンプだ。難なく決めたあかねは、しかしにこりともしない。白鳥の王女になりきっているあかねは、王子の突然の告白にためらいながら、手を差し出す。愛を受け入れる。喜びを表すステップ。

怪我の影響など微塵《みじん》も感じさせない。優雅で複雑な足さばき。

ふと冷たいものを頬《ほお》に感じて、奈央は我に返った。知らない間に涙が流れていた。おそらく今日のこの演技は、城戸あかねのスケート人生の中でも、最高の演技のひとつとして記憶されることになるだろう。

あの小さかった子が、こんなに素晴らしい演技ができるようになるなんて。

演技が終わると、大きな歓声が起こった。立ち上がって拍手している人もいる。奈央は座ったまま、こみあげる涙に耐えていた。

よかった、あの子を傷つける記事を書かなくて。匿名だからいいってもんじゃない。人として恥ずかしい。もし、書いていたら、あの子の前に立つ資格を失っていただろう。

心から安堵《あんど》を覚える。結局、松岡の依頼は断った。そういう原稿を書きたくない、と言ったとき、松岡には言われた。

「山口さんは、ライターとしては甘すぎるんじゃないですか？　そこまで選手に感情移入していたら、ろくな記事は書けないよ。取材対象に対しては、もっと冷静にならないと」

それでも自分の気持ちが変わらないと知ると、最後にはこう言い捨てられた。

「そんな態度じゃ、メジャーな雑誌のライターは到底無理だね」

面と向かって言われたのはきつかった。カード会社の仕事も切られたのに、こんな形で「スポーツ・ラブ！」とも疎遠になって、今後の見通しは真っ暗だ。取材費を捻《ねん》出《しゅつ》するためにはほかの仕事、たとえばコンビニの店員でもやって稼ぐしかないかもしれない。

それでも、よかったと思う。

彼らのプライバシーを売って原稿料を稼ぐには、自分はスケートやスケーターを愛しすぎている。たとえどんなに人として嫌な選手でも、大きな舞台に立てるようになるまでの努力は本物だ。彼らは気の遠くなるほどの時間を、この寒いリンクの上で過ごしている。遊びたい時も疲れている時も怪我をしている時も、どれほど辛《つら》くてもリンクに立ち続ける。試合本番のわずか四分の間、自分の持つ最大限の輝きを観客に放つために。

それを知っている自分が、彼らを傷つけることはできない。読者の関心をリンクの演技以外に向けさせて、彼らの努力を水の泡にするような記事は、自分には到底書けない。

自分はライターとしては失格かもしれない。だけど、相手を傷つけてまで書く原稿になんの意味があるのだろうか。

それを書くのがライターだというなら、自分は失格になってもかまわない。

エキジビションが終わると、観客たちは一斉に帰宅の途に着く。バスやタクシーを待つ者もいるが、会場から近いホテルに宿を取っている人々は、三々五々、歩いて帰っている。奈央も歩いて帰ろうと思った。夜のダウンタウンだというのに、なぜか平穏な空気に満ちている。笑い声や明るい歓声がそこここから聞こえている。おそらく観客たちの心に、選手たちの素晴らしい演技がまだ焼きついているのだろう。

幸せな気分だった。貯金を下ろしてわざわざロスまで観に来た甲斐があった。懐はすっからかんだ。今回の大会を記事にできる見込みはないから、当分は金欠状態だ。

それでもいい。二度とはない選手たちの命の輝き、城戸あかねの素晴らしい瞬間を目にすることができたのだから。

「もしかしたら、山口さん？」

後ろから声を掛けられて振り向いた。見知らぬ日本人女性が立っている。

「えっと、どなたでしたっけ」

「あ、すみません。私、今回から城戸あかねのマネージャーになりました、坂上祐子《さかがみゆうこ》です」

そう言って女性は名刺を差し出した。それで思い出した。愛知スケート競技会の後のインタビューのとき、隣に付き添っていた女性だ。自分に何の用だろう。

「その、もしよければ、ちょっとお話しさせていただきたい件がございまして。そんなにお時間は取らせません。ちょっとそこまで来ていただけませんか？」

「ええ、いいですけど」

そう返事をすると、坂上は奈央を会場から程近い一流ホテルに連れて行った。ここは選手や大会関係者でほとんど貸切状態だ。観客として参加している奈央は、もっと安いホテルに泊まっている。

「じゃあ、こちらへ」

坂上はエレベーターに奈央を誘う。カードキーを差し込んで、目的の階を押した。ホテルの十五階のその部屋のドアを開けると、

「ほんとに来てくれたのね」

と、嬉しそうな声に迎えられた。予想していたとおり、そこには城戸あかねがいた。衣装こそラフなジャージに着替えているが、顔はまだ舞台化粧のままだ。濃いアイラインがべったりと目尻に引かれている。

「あの、どういったご用件でしょう」

あかねとマネージャーの顔を交互に見て、奈央は尋ねる。あかねに呼び出される理由など、何も思い当たらない。

「ごめんなさいね。いきなり呼び止めて。でも、どうせだったら城戸が自分でお願いしたいと言い張ったんです。山口さんは東京に住んでいらっしゃるから、この機会を逃したらまた先になってしまうだろうって」

「城戸さんが、私に？」

あかねが自分に会いたい？　なんのことだか、奈央にはさっぱり見当がつかない。

「あの、実は星川書店から本を出さないかって言われているんです。写真とインタビューで一冊作ることになっていて。そのまとめを山口さんにお願いしたいんです」

「え、ほんとですか！」

「ええ、正直申し上げると、途中まで出版社が立てた別のインタビュアーがやっていたのですが、それがどうにもお粗末な出来で。週刊誌でフィギュアスケートの記事を書いている人らしいのですが、それほどフィギュアのことにも詳しくないし、城戸のこともへんにアイドル的に持ち上げようとするし」

坂上の説明に、あかねも解説を加える。

「なんか、文章がキモいの。あかねは夢見る女の子、みたいなこと平気で書いちゃうし。私、そんなキャラじゃないのに」

そうなのだ。いつもにこにこしているから誤解されやすいが、素顔のあかねは勝気でさばさばしている。そういうあかねが奈央は好きだったのだ。

「出版社にライターの変更を申し入れたのですが、なにぶんフィギュア関係の出版は初めての会社なのでコネもないそうで、できればこちらでライターを立てて欲しいと。それで、城戸の口から山口さんのお名前が出てきたんです」

「でも、どうして私に？」

「山口さんはフィギュアにもたいへんお詳しいし、小さな大会にもまめに足を運んでいらっしゃる。そもそも一番最初に城戸の取材をされたのが、山口さんなのだそうですね」

ああ、覚えていてくれたんだ、と奈央は思った。スターになったあかねは、そんな昔のことなんか、すっかり忘れているかと思っていたのに。

「何度も取材してもらっているから、山口さんなら安心なの。いっしょに本を作るとなると、プライベートな顔も見せなくちゃいけないし、やっぱり安心できる人が一番いい。山口さんなら作り笑いをする必要もないし」

そう言って、にやりとあかねは笑う。テレビの前で見せるようなアイドル的な笑顔ではないが、あかねの本来の姿が見えて奈央には好ましい。

「ほんとに、私でいいんですか？」

だが、奈央にはまだ信じられない。自分以外にも、熱心にあかねを取材しているライターはほかにもいるのに、と思う。

「もちろん。だって山口さんは口が堅いし」

あかねの言葉に、奈央は面食らった。「え、なんのこと？」

「悠斗のこと、知ってて黙っててくれたでしょう？　悠斗が言ってた。つきあってること、山口って記者に聞かれたみたいだって。だけど、一ヶ月以上経つのにまったく噂にならないし、これは山口さんが内緒にしてくれたんだなって思ったの」

胸がきゅんと疼《うず》いた。

ライターとしては自分は大甘。だけど、それを評価してくれる人もいるんだ。

「星川書店は遅くても五月には出したいと言っています。メダルの印象が残っているうちにって、わざわざロスまで催促の電話があったくらいで。そんな急な仕事をお願いするのはたいへん心苦しいのですけど、あかねもこう申しておりますし、どうかひとつ……」

「お引き受けします」

相手が言い終わらないうちに、奈央は承諾の返事をした。

「城戸さんの信頼に応えられるような本を、ぜひ作りたいと思います」

「ありがとう。山口さんなら、きっと引き受けてくれると思っていた」

あかねが奈央に微笑み掛けた。きらきらした、アイドルのような笑顔だった。

もしかして、これは峰とのことの口封じなのかな。

自分はあかねに取り込まれたのかな。

そんな考えが一瞬、奈央の脳裏に浮かんだが、すぐにそれを打ち消した。

それでもいいや。どっちにしろ、そのことを公表するつもりはないし。そんなこと書かなくても、読者を楽しませる記事を自分は書いてみせる。

奈央もあかねに微笑み返した。あかねが一瞬、見とれたほど、それは晴れやかな笑顔だった。

終わった恋とジェット・ラグ

近藤史恵

近藤史恵（こんどう・ふみえ）
1969年大阪市生まれ。大阪芸術大学文芸学科卒業。93年、『凍える島』で第4回鮎川哲也賞を受賞してデビュー。2008年、『サクリファイス』で第10回大藪春彦賞受賞。「女清掃人探偵・キリコ」、「ビストロ・パ・マル」など人気シリーズ多数。近著に『シフォン・リボン・シフォン』など。

ダイエットと英語の勉強はよく似ている。

どちらも誰もが「なんとなくやらなくちゃ」と気にかかっている。インターネットの広告には、「聞き流すだけで英語がぺらぺらに！」とか「一ヶ月で十五キロ痩せちゃったワタシ」みたいに、お手軽な煽《あお》り文句が躍っている。

だが、ダイエットも英語習得も、結局は地道にこつこつやるしかないのだ。

単語をひとつずつ覚えて、忘れないように記憶の中に定着させたり、目の前に出されたおいしいものをぐっと我慢したりしなければ、どちらも成功することはない。

しかも、一ヶ月かそこらで目標に到達するのは難しく、継続しなければならないのだ。

目標に到達したからと言って気を抜くと、あっという間にリバウンドしたり、覚えたことを忘れてしまうところも似ている。

ああ、年を取れば取るほど、記憶力も劣化するし、代謝が悪くなって痩せにくくなるところも同じだ。

そしてなにより、よく似ているところ。

瘦せてきれいになったり、英語が流暢《りゅうちょう》に喋《しゃべ》れるようになれば、そこには新しい、素敵なわたしがいるような気がしていたのに、五キロや十キロ瘦せたり、多少の英会話をこなせるようになったところで、そこにいるわたしは、結局冴《さ》えないわたしのままなのだ。


つまりわたし——白岩小梅《しらいわこうめ》は二十代後半に、ふたつの目標を達成した。ダイエットと語学習得だ。

体重はとりあえず、ちょいぽちゃから七キロ減らし、モデル体型とは言わなくてもスレンダーと呼ばれる体型になった。

英語も二年間英会話教室にみっちり通い、目の前に英語しか喋れない外国人がいても、動じない程度には自信がついた。

もちろん、完璧ではない。新聞を読んでいればわからない単語は出てくるし、映画の台詞《せりふ》だって完全には聞き取れない。だが、語学というのは大いに慣れが関係している。

母国語で考えてみればわかる。六歳の子供は語彙も少ないし、新聞を全部読めるわけではない。でも道は聞けるし、大人とおしゃべりだってできる。大人も「子供は語彙が少ないからコミュニケーションが取れない」とは考えていないだろう。

わからない単語に出会えば、おもむろに辞書を引けばいいのだし、喋っていてわからないことばが出てきたら、「それはなんですか？」と尋ねればいいのだ。

その後、語学の勉強が楽しくなったわたしは、フランス語にも挑戦している。これはまだ初級に毛が生えたようなレベルだが、英語と似た単語も多いので、考えていたほど取っつきにくいわけではない。

つまり、わたしは一応、「目指したわたし」になれた。多くの人が挫折する目標に到達した。

だが、ダイエットに成功してみれば、頭に入ってくるのは「ぽっちゃりしている方が魅力的」だとか「女の子は若い方がいい」とか「ダイエットの代償はその後、肌の劣化に現れる」とかいうことばばかりである。

なぜ、若くてぽっちゃりしてて肌がきれいだった二十代の前半にはこういうことばは耳に入ってこなかったのだろう。全然聞いた記憶がない。

英語だってそう。「英語も喋れない日本人」はバカにされるのに、英語ができるようになれば、「英語だけができたって、ほかの能力がなければ駄目」と言われてしまうのだ。

たしかにそれは正しかった。

英語ができれば、就職先はいくらでも選べるような気がしていた。イメージしていたのは外資系の企業でばりばり働くわたし、である。

だが、結局、そんな門戸は有名大学の新卒にしか開かれていないし、もしくはもっと違う資格や経験が必要とされる。

結局、短大卒、三十目前のわたしを受け入れてくれそうなのは、販売や旅行関係の仕事ばかりで、しかもほとんどが派遣社員だった。

その中で、私が選んだのがツアー・コンダクターという仕事だ。

ばりばり働く、有能な外資系会社社員にはなれなかった。だったらその代わり、できるだけ多くの国を見てやる。三年前のわたしは、そう考えたのだ。


かかとの高いパンプスに足を入れると、気持ちが引き締まるような気がする。

指の付け根に体重がかかり、身体は前のめりになるが、腰でバランスを取る。スニーカーを履いているときとはまったく違う立ち方、歩き方。

七センチヒールはわたしの戦闘靴だ。履いた瞬間に気持ちは切り替わる。

時間はまだ午前五時半。だが六時半に関西国際空港に到着しなければならないから、早すぎることはない。

ヨーロッパ行きの飛行機はほとんど午前便だ。この時間のがらがらの電車にも、もう慣れた。

小ぶりなアルミのトランクは、ちまたでは三泊くらいのサイズとして売られているものだ。三泊四日の香港旅行であろうと、二週間のヨーロッパ周遊であろうと、わたしはこれひとつで行く。熱帯のジャングルにでも行くのでなければ、必要なものはこれくらいだ。

トランクを支えながら、わたしは空いているシートにも座らずに窓の外を眺めていた。

飛行機に乗れば、十二時間は座りっぱなしだから、できるだけ立っていたかった。

今日からはじまるのは、パリを中心とした六日間のツアーだ。六日間、朝から晩まで働きづめと考えるとハードだが、ヨーロッパ周遊二十一日間などというコースとくらべれば、ずいぶん気楽である。六日間といっても実際に向こうで観光するのは、三日半といったところだ。

だが、気合いを入れたい大きな理由がひとつある。

今回のツアー、参加者のうち、三組、六人がハネムーンカップルなのだ。

もともとハネムーンを想定したプランであり、値段も高めで、ホテルも通常のツアーよりいいクラスのものを使うことになっている。値段が高いということは、客がこちらに要求してくるサービスもきめ細やかなものになる。わたしの日給は格安ツアーと変わらないのだが、その理屈は向こうには通用しない。

おまけに新婚旅行は言うまでもなく、特別なシーンなのだ。なにかトラブルがあれば、ふたりの一生の思い出を台無しにしてしまうし、最悪の場合、ふたりの間に亀裂が入ってしまうかもしれない。

大げさな心配などではない。

旅行の最中に大げんかをして、そのあと、日本に帰るまで険悪な状態が続いたカップルをわたしは何組も目撃している。

おおむね新婚旅行のカップルは大人しく、こちらに無理難題なども言いつけてこないのだが、なにかあったときのことを考えると、やはり緊張する。

いくら準備をきっちりしていても、海外旅行には予想外がつきものだ。

それだけではない。幸せそうなカップルを目の前にしていると、胸がざわざわしてくる。

妬んでいるとは考えたくはないけど、焦りとか寂しさに似た感情がどこかでくすぶる。

――このまま、わたし、ずっとひとりなの？

どうしても結婚がしたいというわけではない。ツアー・コンダクターという仕事を結婚後も続けるのには、周囲の理解が必要だ。わたしはこの仕事が好きで、続けたいと思っている。

決まった恋人もいない今、血眼になって相手を探そうとは考えていない。

でも、どうしようもない事実が目の前に突きつけられている。

今、世界にわたしを選んでくれる人はひとりもいない。

痩せたって、仕事を頑張ったって、それは否定しようのない事実なのだ。

空港に到着すると、わたしはまず飛行機の発着ボードを確認した。ツアーで使うはずの飛行機は特にトラブルなく出発しそうだ。

その後、団体待ち合わせ場所に向かう。まだ待ち合わせ時間までは二十分あるが、早めにくる客もいるし、こちらも早めにスタンバイしておく必要がある。

お客さんすべてが旅慣れているわけではない。早い時間でも、待ち合わせ場所に誰もいなければ不安になる人だっている。

わたしは自分の荷物を脇に置くと、ホワイトボードを片手に立った。

「ラヴァーレ旅行社　パリとモン・サン・ミッシェル六日間の旅」

ホワイトボードにはそう書いてある。

ぼんやりと立っていると、「小梅ちゃん」と声をかけられた。振り返ると、顔見知りのツアコンである木下雪美《きのしたゆきみ》が手を振っていた。

「小梅ちゃんもパリ？」

「雪美さんもですか？」

所属している会社は違うが、かき入れ時と訪れる観光地はだいたい一緒だから、よく顔を合わせる。彼女がいる旅行会社も、ラヴァーレと同じくヨーロッパに強い。

「うちはパリ・ローマ・バルセロナ八日間よ。代わってほしいわぁ」

今回のツアーは、パリが中心で同じホテルに四泊することになっている。モン・サン・ミッシェルも日帰りだから、そういう意味で身体は楽だ。

期間の長さは二日違うだけでも、国をまたいで三都市を移動するのとは疲労度がまるで違う。

雪美のところには少しずつツアー客が集まりはじめている。なかなか人気のあるツアーらしい。学校の夏休み期間だから、学生や子供もいる。

わたしはもう一度、名簿に目をやった。夫婦が三組と、女性同士がふたり、計四組である。直前キャンセルはないはずだ。

名簿のある場所でわたしの目が止まった。

──あれ、これって……。

「すみませーん」

声をかけられてあわてて顔を上げる。

「ツアーに参加する卯月《うづき》と桐山《きりやま》です」

目の前にショートカットとセミロングの女性がふたり立っている。ショートカットが卯月さんで、セミロングが桐山さんだ。

「添乗員の白岩です。どうぞよろしくお願いします」

使い込まれたスーツケースと、はきはきした物腰。直感的に、あまり手のかからないタイプだと判断する。

もちろん、この直感は外れることもあるが、ステッカーを貼ったスーツケースは、レンタルではないし、旅慣れていることは間違いないはずだ。

パスポートを預かっていると、二組目がやってきた。中西《なかにし》夫妻。落ち着いた感じの夫婦だ。名簿ではふたりとも三十二歳。

次にやってきたのは、高木《たかぎ》夫妻。大人しそうな小太りの男性と、長い巻き髪の華やかな女性。奥さんの十三センチはあろうかというウエッジソールのパンプスを見て、頭の中に黄信号が点《とも》る。旅行向きの格好とは思えない。

「チェックインのため、パスポートをお預かりできますか？」

そう言うと、「どちらが持っているか」で揉《も》めはじめた。

少し手のかかりそうな人たちだな、と思ったが、それよりも先ほど見た名簿のことが気にかかる。

——同姓同名よね。

井上健《いのうえけん》なんて、どこにでもある名前だ。

名簿は事前にもらっていたけど、人数と姓を確認しただけで、名前までじっくりと見なかった。

高木夫妻のパスポートは夫のリュックの中から見つかった。受け取ってから、時計を見る。集合時間を五分過ぎている。

時間は余裕を持って設定しているからまだ問題はないが、ツアー客たちの顔が曇り始める。特に、時間より十分ほど早くきた女性ふたりは少しイライラとしている。

団体旅行をしていて、断言できることがある。集合時間に遅れるメンバーは、だいたい同じだ。朝の集合時間に遅れる人は、だいたい自由行動の後の集合時間にも遅れるのだ。

あと五分待ってこないようだったら、チェックインを済ませて、ほかの人たちを先に出国カウンターに行かせた方がいいかもしれない。わたしはそう算段した。

団体受付の空港職員に声をかけようとしたとき、後ろから可愛《かわい》らしい女の子の声がした。

「すみません。遅くなりました。井上です」

ほっとしながら、振り返る。そこにいたのは長い髪をまっすぐ伸ばした人形みたいな女の子だった。若い。名簿では、二十七歳と書いてあったけど、二十過ぎにしか見えない。

「ご主人は？」

そう尋ねると、彼女は振り返った。

「すぐにきます」

向こうからスーツケースを押して男性が歩いてくる。

ああ、と思った。悪い予感は当たってしまった。

だが、彼女が振り返る間に、わたしは内心を隠して、笑顔を作った。さっき名簿の名前を見たときから、うっすらと覚悟はできていた。

だが、彼の方はまったく気持ちの準備などできてなかったのだろう。

スーツケースをごろごろと押しながら近づいてきて、ぎょっとした顔になる。

わたしは業務用の笑顔で参加者全員に呼びかけた。

「これでみなさん揃《そろ》いました。荷物を預けに行きますね」


飛行機が離陸し、ベルトサインが消えると同時に、わたしは空気枕を膨らませ、ストッキングを着圧ソックスに履き替えた。

午前発、午後着の便だから時差のことを考えて寝ないようにする。もっとも眠れそうにはないけれど。

機内持ち込み用のバッグを開けて、ツアーの資料を取り出す。

ホテルの場所や食事を取るレストランの場所、訪れる予定地の駐車場などを確認するけれど、中身は少しも頭に入ってこない。

健とわたしが付き合いはじめたのは、七年ほど前、わたしが二十五歳のときだった。同い年だったけれど、彼はまだ学生だった。高卒で働き始めたけれど、やはり大学に行きたいと考え直し、二十三歳の時に大学に入り直したのだ。

そんな彼のことを、わたしは頼もしいと思っていた。流されるように短大を出て、小さな会社の事務として働いていたわたしとは違って、悩んで壁にぶつかって、そして自分の道を選んでいるように見えた。

だから、付き合った二年間、デートの食事代や飲み代はいつもわたしが出していたし、誕生日のプレゼントが安っぽいガラスのペンダントでも、文句一つ言わなかった。

わたしは実家で、彼がひとり暮らしだったことも大きかった。

居酒屋で飲んで、そのあと、狭くて壁の薄い彼の部屋で声を殺してセックスをした。一緒にいられるだけで幸せだと思っていた。

一緒に、彼の実家のある関東の地方都市に旅行に行き、ご両親にも紹介されたから結婚するものだとばかり思っていた。

郷土資料館に付属した小さなプラネタリウムで、二人並んで星を見上げた。暗闇の中でそっと手を繋《つな》いだときの幸福感は、悔しいことにいまだに忘れられない。

誰もが振り返るハンサムというわけではないけれど、彼の顔が好きだった。色白で肌がきれいで、清潔感のあるちょっと可愛らしい顔立ち。笑うと目の際に皺《しわ》が寄って、ひどく人懐っこい顔になる。少し腹が立つことがあっても、向かいで彼の顔を見ているだけで、なんかどうでもよくなってしまった。

別れた原因は、彼の浮気が判明したことだった。

その日、わたしの車でデートして、彼をアパートまで送ってから自宅に帰ったのだが、あろうことか彼は携帯電話を、車の中に忘れたのだ。

家に帰ってからそれに気づいたわたしは、つい出来心で彼の携帯を開いてメールを見てしまった。

受信ボックスを見た瞬間、血の気が引いた。

ずらっと並ぶ、「まみこ」という名前。彼は、わたしよりずっと頻繁に、そのまみこさんとメールのやりとりをしていたのだ。

お母さんかお姉さんでは、と思おうとしたが、本文を読んでそれはありえないことに気づいた。まみこさんは同じ大学の同級生らしかった。液晶画面からハートマークが飛び出してきそうなこっぱずかしいメールが表示されて、わたしは衝動的に携帯を床に投げつけた。

問い詰めたとき、彼はごまかそうとはしなかった。三ヶ月前から、そのまみこさんと付き合いはじめていたことを正直に話した。

「本当にごめん」

そう言って頭を下げた彼を見て、わたしは理解した。

彼はたぶん、その彼女――まみこさんと別れるつもりはないのだ、と。

一応言ってみた。「わたしはどうなるの？」と。

健は言った。「本当に、ごめん。殴ってもいいから」

バカみたいだ、と思った。殴ってそれでわたしがすっきりするとでも思ったのだろうか。

泣いて、別れたくないと暴れて、彼女にわたしとの二股を知らせて、「今までおまえに使った金返せ」と叫びたかった。でも、わたしにできたのは彼の前で泣くことだけだった。それも十分くらいでちゃんと涙を拭って、彼のアパートを出て行った。

暴れて修羅場を見た方がよかったのか、と今でもときどき思う。せめて五時間くらい泣いてやればよかったと。

そして、その失恋をきっかけに、わたしは憤然と挑みはじめることになったのだ。

ダイエットと語学習得に。

わたしはがばっと身体を起こした。さっきの名簿を取り出して、井上健の同行者として書かれていた名前を確認する。

井上真美子《まみこ》という名前を読み取って、わたしはもう一度ずるずるとシートにもたれかかった。

——まみこさんとゴールイン、か。

さすがにちょっと泣きたくなる。このあと機内食が配られるはずだが、食欲などない。

ぼうっとしていると、通路を健が歩いてくるのが見えた。後方のトイレに行くのだろう。

一瞬、目があったが、彼はなにも言わなかった。わたしもなにも言わない。

毛布を深くかぶって思った。口止めくらいすればいいのに。それとももう時効だと思っているのだろうか。

何十年経《た》ったって時効になんてしてやるもんか。

ホテルはヴァンドーム広場近くのクラシックなプチホテルだった。

シャルル・ド・ゴール空港から、ツアー用のバスで移動する。直行便だったから、さほど心配していたわけではなかったけれど、ロストバゲージもなくパリに到着できたことに、とりあえずはほっとする。

今回のドライバーは、これまで何度か一緒に組んでいる中国系のヤンさんだった。英語が喋れる人だからコミュニケーションは問題ない。今日だけではなく、二日目の市内観光とベルサイユ宮殿行きも、彼がバスを運転してくれることになっている。

ホテルに到着したのは夕方の六時。グループごとに鍵とパリの地図を渡す。

今日の夕食はツアーに含まれていないから、それぞれ食べに行ってもらう予定だが、だからといってツアコンの仕事がないわけではない。

たぶん、何人かはレストランのおすすめを聞いてくると思うので、何軒か、予約なしでも行けて、英語メニューの置いてある店を調べてある。

明日の朝食レストランの場所と、集合時間をまず伝える。それからミネラルウォーターやビールなどを買いたい人のために、近くのスーパーマーケットの場所を教え、くれぐれもスリや置き引きに注意して、危ない場所に行かないようにと念を押し、わたしの部屋番号と携帯電話の番号を教えて、この日は解散になった。

みんながエレベーターで部屋に上がったのを確認して、わたしも自分の部屋に入った。

ホテルのクラスが高いツアーのいいところは、ツアコンも同じホテルに泊まれることだ。食事も同じレストランになるから、日給が同じでも少しはいい思いができる。ツアコンは近くの安いホテルという旅行会社もあるが、ラヴァーレは基本、ツアー客と同じホテルに泊まるシステムになっている。

荷物を開けていると、ドアがノックされた。出ると高木夫妻が、ドアの前に立っていた。

「はい、どうかしましたか?」

レストランに関する質問だろうなと思いながら尋ねる。だが、高木さんのご主人は少し言いにくそうに口ごもった。奥さんに肘で小突かれて、しぶしぶのように話しはじめる。

「ホテルの部屋なんですが……」

電気がつかないか、水回りのトラブルか。どちらにせよ、よくあることだ。ここは日本ではない。だが、高木さんの口から出たのは予想外のことばだった。

「窓の外がすぐ、隣の建物なんですよ」

「え……?」

クレームの意味に気づかずに少し戸惑う。奥さんが焦《じ》れたように口を開いた。

「だから、窓の外にすぐ隣の建物があって圧迫感があるんです。もっと眺めのいい部屋に替えてもらえませんか?」

そんなクレームがつくとは思ってもいなかった。ヴァンドーム広場の近くだが、広場に面しているわけではなく、大通りに面した部屋でも見えるのは通りと向かいの建物だけだ。だが、無茶なクレームだと思っても、それを言うわけにはいかない。

「ちょっと待って下さいね。部屋を替えてもらえるか、フロントに聞いてきます」

わたしはそう言って、一階まで下りた。

フロントの女性に英語で、空いている眺めのいい部屋はないか尋ねる。

大通りに面したツインの部屋が一部屋空いていると聞いて、ほっとしたのもつかの間だった。確認しているうちに、バスタブのない部屋だということがわかる。

ヨーロッパのホテルにはバスタブのない部屋が多い。安いホテルだけではなく、かなりいいホテルでも、一部の部屋にしかバスタブがないことは決して珍しくない。

だが、日本人はお湯に浸《つ》かることを好む人が多く、わたしも何度も確認してバスタブのある部屋を必ず押さえるようにしていた。

わたしはロビーで待っている高木夫妻のところに行った。

「五階の大通りに面した部屋が一部屋空いてるんですけど、シャワーしかない部屋なんですよね」

どちらにしますか？　と尋ねようとしたとき、奥さんが口を開いた。

「そんなの無理。バスタブのない部屋なんてありえない」

その言い方にムッとする。このツアーの規定にはバスタブのない部屋に当たることもある、と書いてあるし、眺めのいい部屋を保証しているわけではない。

「ほかに空きはないんです。申し訳ないんですけど……」

わたしの部屋もダブルベッドだが、眺めが悪いのは同じで、しかもバスタブがない。

仕方ないね、ということばを期待して立っていると、奥さんが言いにくそうに口を開いた。

「あの女性ふたりで参加しているお客さんいるでしょ」

卯月さんと桐山さんだ。それがどうかしたのだろうか。

「あの人たちの部屋が大通りに面してたの。あの人たち、ただの観光旅行でしょ。わたしたちは新婚旅行で一生の思い出なの。代わってくれるように言ってもらえないかしら」

驚くしかないことを言われて、わたしは苦笑した。

「それはちょっと……。同じ料金でツアーに参加されているわけですし……」

「だって、一生に一度しかないのよ」

奥さんはそう言って、唇を突き出した。

困った。本当はできないと言いたかった。こちらのミスやクレームの対象になるような出来事ならば、全力を尽くすが、正直、理不尽なクレームだとしか思えない。だが、できないというのは、最後の手段だ。

こういうときは、毎日ホテルを移動する旅程の方が助かる。次のホテルでは眺めのいい部屋にしますね、と言えるからだ。そう考えたとき、ひとつの解決策が頭に浮かんだ。

「ちょっと待って下さいね」

わたしはもう一度フロントに行った。先ほどの女性に、明日以降空く部屋がないか尋ねる。幸い三泊目と四泊目に、眺めがよく、かつバスタブのある部屋が空いていた。後半の二泊はそこに変えてもらえるように交渉する。

「お待たせしました」

わたしは不機嫌そうに座っている高木夫妻のところに戻った。

「申し訳ありませんが、今日と明日だけ我慢していただけませんか。明後日からは眺めのいい部屋に移っていただけるようにしましたので……」

ふたりは顔を見合わせた。正直納得したようには見えない。だが、これ以上訴えても無理だということはわかってもらえたようだった。

「わかりました。三日目から必ず替えて下さいね」

奥さんがそう言って、ご主人もほっとした顔になる。

部屋に戻っていった二人を見送って、ほっと胸をなで下ろし、先ほどのフロントの女性に礼を言った。

自分の部屋に戻ろうとしたとき、エレベーターが開いた。そこには、健と真美子さんが立っていた。一瞬、息を呑《の》んだ。

Tシャツにジーパンのままの健と、可愛らしい薄手シフォンのワンピースでおしゃれした真美子さん。健もぎくりとした顔になる。

「あー、白石さん、ごはん行ってきますね」

真美子さんににこやかに言われて、わたしも微笑《ほほえ》み返した。

「楽しんできてくださいね」

白石じゃなくて白岩だけど、と心で訂正しながら。

エレベーターに乗ってからロビーの方を向くと、健が困惑したような顔で振り返っていて目が合う。呆《あき》れながら思った。

――そんなふうに挙動不審だと、真美子さんが勘づくよ。

時差は、西に行く方が楽で、東に行く方がつらい。つまり日本とフランスだと、旅行中が楽で、帰ってからの方がつらくなるはずだ。

なのに、パリに到着した夜、わたしは少しも眠れなかった。飛行機の中で一睡もせずに我慢したから、普段ならベッドに倒れ込んだ瞬間に意識がなくなってしまうくらい疲れていたはずなのに。

やはり予想外の出来事に、気持ちが昂《たか》ぶっているのだろうか。

だが、今日は昨日と違って、パリ在住の日本人ガイドがつくので心強い。村崎《むらさき》さんという女性で、ヤンさんと同じように何度か一緒になっている。

朝八時にホテルを出て、サクレ・クール寺院、オペラ座、凱旋《がいせん》門を外から見学し、エッフェル塔に上る。コンコルド広場を通って、ルーブルを駆け足で見てから、ノートルダム寺院を見学する。その後、レストランで昼食を取り、午後からはヴェルサイユ宮殿を見に行くという一日のスケジュールだ。

夜はセーヌ川クルーズでのディナーとなっている。まさに、一日でパリの名所を全部見て回るといったコースである。

だが個人旅行では一日にこれだけを見て回ることは、とてもできないと思う。タクシーを使えば可能だが、お金はずいぶんかかるだろう。

旅慣れた人には「ツアー旅行なんて味気ない」と言われたりするけれど、短い時間でストレスなく多くの名所を見て回るのならツアーは絶対にお得だ。

トラブルを楽しみたい人や時間がたっぷりある人ならば別だけれど、多くの旅行者はそうではない。

エッフェル塔やルーブル美術館も、個人旅行者は入場に何十分も待たなければならないけれど、団体旅行ならば専用の受付があるから待たずに入ることができる。

エッフェル塔のエレベーターにはこの日も、長蛇の列ができていた。それを横目に見ながら、団体用エレベーターで展望台まで上る。だが、あいにくの曇り空でほとんどなにも見えなかった。

ガイドが一緒だといっても、カメラのシャッターを押したり、お土産を買おうとする人たちの通訳をしたりと、仕事はいくらでもある。人数チェックも常にしなければならない。

普通にしているつもりでも、視界の片隅には健と真美子さんが引っかかってくる。ほかの参加者と同じように扱っているつもりなのに、なぜか目と脳は彼らを人混みの中から拾い出す。人間の能力は不思議だ。見たくないものなのに、わざわざ見つけてしまうのだ。

気がつけば、卯月さんがわたしの横に立っていた。なにか話したそうな顔をしている。

「曇りで残念でしたね」

そう話しかけると、卯月さんは頷《うなず》いた。「本当に」

その後、なにか言いたげに口を軽く開いた。

「ホテルの部屋、いかがでしたか？　ゆっくり休めましたか？」

わたしの質問に、卯月さんは顔を曇らせた。

「あの……高木さんって人なんですけど」

嫌な予感がする。わたしはあたりを見回した。参加者はみんな少し離れた場所にいる。

「どうかしましたか？」

「昨日の晩、部屋にきて言われたんです。お礼はするから、部屋を代わってほしいって……」

わたしは心の中で呻《うめ》いた。やはり高木さんは納得してなかったようだ。直接交渉に出るとは思わなかった。

「お断りしたんですけど、別によかったですよね」

そう言う卯月さんに、わたしは大きく頷いてみせた。

「もちろんです。ご不快な思いをさせてしまってすみませんでした」

卯月さんはほっとしたように微笑んだ。

バスに乗ってからも、わたしの腹立ちはおさまらなかった。

本当は無視してもいいクレームだったのに、できる限りのことをしたつもりだった。なのに、その気持ちが踏みにじられた気がした。

——第一、結婚したってことがそんなに偉いの？

同じ料金で参加している女性ふたりよりも、いい思いをして当然だと思うくらいに。しかも、「一生に一度のこと」と言ってたけれど、一度かどうかなんて誰にもわからないはずだ。

怒りはその日の午後、ヴェルサイユ宮殿を見学している間も胸にくすぶり続けた。

だが、怒りにも少しくらいはいい効果があると、わたしは知った。その日の午後は、健と真美子さんのことが少しも気にならなかった。

三日目はモン・サン・ミッシェル一日観光だった。今日は、ラヴァーレ旅行社が手配したドライバーとバスではなく、現地旅行社の日本人向けツアーに全員で参加するという形を取る。

パリからモン・サン・ミッシェルまでバスで五時間ほどかかる。少人数のツアーでは、バスとドライバーを一日借り切るのも割高になるから、こんなことはよくある。もちろんツアーの申込書には、このこともきちんと記載されている。だが、申込書や旅程表に目を通さない人がいるのだと、わたしはこの仕事をはじめて知った。

たまたまその日、モン・サン・ミッシェル行きツアーは満席だった。大型バスには空席がなく、同行のツアコンたちは補助席に座るしかないという状態だった。

往復十時間を超える旅程を補助席で過ごすのはつらいが、仕事だから仕方がない。

最初のトイレ休憩で、バスを降りて身体を伸ばしていると、高木さんの旦那《だんな》さんが不機嫌な顔でこちらに近づいてくるのが見えた。

直感的に、「あ、まずいな」と思った。クレームを言われるのが当たり前の仕事をしていると、クレームが出る瞬間というのも気配でわかる。

「どうして、今日はこんなにバスがぎゅうぎゅうなんですか？　昨日まではゆったり座れたのに……」

たしかに、昨日までは小型バスを使っても、二人掛けの席にひとりずつ座れるほどの余裕があった。当然、そのまま最終日までくるものだと思い込んでしまったのだろう。

「申し訳ありません。今日はモン・サン・ミッシェル行きのツアーが満席でして……」

「どうして、ほかの会社のツアー客や個人旅行客と一緒なんですか？　わたしたちのグループだけで行くんじゃないんですか？」

彼は不満で仕方がないような口調で言った。

「それはもともと、そういう旅程のツアーになっていますから……」

「聞いてない」

これはよく言われる台詞だ。何度話したって、きちんと文書にしたって必ずどこかで言われてしまう。「聞いてない」と。

「大変申し訳ございません。ですが、ツアーの説明として記載してありますし、旅程表にも書いてあります」

彼はそれには答えずに言った。

「こんなんじゃ、妻が疲れてモン・サン・ミッシェルまで行けないと言っている」

行けないって言っても、バスに乗っていれば自然に着いてしまう。わたしはげんなりしながらも頭で算段した。

「ご気分が悪いんですか。ここからパリにお帰りになるのならタクシーになりますが……」

もし、本当に具合が悪いのなら、ほかの参加者には悪いが、一緒にタクシーで帰って病院に行かなければならないかもしれない。

タクシーと聞いて、彼は少し鼻白んだ。

パリからすでに二時間はバスに乗っているから、タクシー代もかなりかかるはずだ。もちろん、タクシー代は旅行社からは出ない。

「……そこまではまだ必要ないけれど」

要するに文句が言いたいだけなのではないか。

「今回、モン・サン・ミッシェルで充分観光の時間を取ってありますから、そこで身体を休めていただけると思いますよ。申し訳ありませんが、もうちょっと頑張っていただけると助かります」

高木さんはそれにはなにも言わずにバスに戻っていった。

文句を言うだけで気が済むのなら、いくらでも聞く。こちらが致命的なミスをしてしまうよりはずっとマシだ。

ただ疲れる。どっと疲れる。わたしは自分の感情に蓋をして、バスに戻った。

行きは笑い声や話し声でざわついていたバスも、帰りは静かなものだった。

長い旅程、みんなくたびれて寝てしまっている。わたしも何度かうとうととした。

夏のフランスは、日が落ちるのが遅い。時間は夜の八時を過ぎているが、まだ昼間のように明るい。

パリに到着するのが九時半で、そこから夕食だから、ホテルに帰り着けるのは十一時過ぎだろう。朝八時にホテルを出たから、一日が長い。

明日は自由行動の日だ。夜にムーラン・ルージュのショーを見に行くだけで、昼間は各自で観光や買い物をしてもらう。

ツアー・コンダクターにとっては、運がよければ一日ゆっくりできるかもしれないし、運が悪ければ一日走り回るかもしれないという日だ。何事もないことを心から祈りたい。

そうすれば、明後日の午前中にはホテルを出発して、空港に行く。あとは帰国便に乗るだけだ。

日本に帰り着くまでは気が抜けないとしても、ずいぶん気持ちが楽になる。

結局、健とは業務的な会話しかしないまま、日本に帰ることになりそうだ。昨日も今日も彼はなにも話しかけてこないし、わたしも必要なことしか言わない。

それがいちばんいいのかもしれない。恨み言もおべんちゃらもなにも言わず、ただすれ違うだけ。わたしも彼も、真美子さんも傷つかない。

日本に帰って自分の部屋でひとりになったとき、泣きたい気分になって、実際ちょっと泣くかもしれないけれどそれだけだ。

大人の女として振る舞えたという自己満足は残るかもしれない。

ぼんやりとそんなことを考えていると、耳が聞き覚えのある声を捉えた。

健の声だ。彼は後ろの方に座っていて、前方のわたしとは離れているけれど、車内が静かだからわかる。

健の声にかぶさるように聞こえてくるのは真美子さんの声だった。

――喧嘩《けんか》してる？

話の内容は聞こえない。だが、口論しているようにも聞こえる。

いい気味だ、とちょっと思ったが、それ以上に不安になる。もしかして、真美子さんになにか悟られるような行動を取っただろうか。

個人的に話しかけたこともないし、意識してじっと見つめたりもしていない。でも、無意識に目で追ってしまっていたかもしれない。

わたしは耳をそばだてたが、なにを話しているかまではわからなかった。そのうち、ふたりの声は聞こえなくなった。

解決したのか、それとももっと険悪になって、話すことすらやめてしまったのか。自分がどっちを望んでいるのか、だんだんわからなくなる。


携帯電話の進歩は、ツアー・コンダクターの仕事を格段に便利にした。

わたしがこの仕事につきはじめたときには、海外対応の携帯電話はできていたけれど、参加客がそれを持っているとは限らなかった。

でも、今ではほとんどの人が、同じ番号で海外でも使える携帯電話を持っている。おまけに高額だった海外でのパケット代も定額になり、写メールなども送れるようになった。

自由行動のときトラブルが起きても、すぐにお互い連絡がつくし、集合時間になっても帰ってこない人にこちらから電話することもできる。

だが、それは一方で、ちょっとしたことで助けを求められてしまう、ということでもあるのだけれど。

自由行動の朝、わたしは早起きして、スーツではないもののジーンズとTシャツに着替えた。行きたい場所への行程や、メトロの切符の買い方がわからないと言って聞きにくる参加者がいるかもしれないからだ。

ホテルのレストランでゆっくり朝食を取り、ロビーでしばらく新聞を読んだ。中西夫妻がクリニャンクールののみの市への行き方を聞きにきたがそれだけだ。

高木夫妻が仲良さそうに、腕を組んで出かけるところを見てほっとする。十時くらいまでロビーにいた後、わたしは少しだけ散歩に出ることにした。

ホテルの部屋を清掃してもらわなければならないし、少し気分転換もしたかった。

この仕事を始めてすぐは、仕事の合間によく買い物をしていたけれど、そのうちめったにものを買わなくなった。最初のうちは、免税品の化粧品だの、フランスにしか売ってない紅茶などを頼んできた友達も、飽きたのか、そのうちなんにも言わなくなった。

ホテルから歩いて行けるチュイルリー公園に向かい、露店でジェラートを買ってベンチで食べた。その後しばらく噴水を眺めた。

条件付きの自由であっても、やはり自由はいいものだと思った。

午後になっても携帯が鳴ることはなかった。

ほっとしながらホテルの部屋で、次の仕事の準備をして過ごした。帰ったら三日休みがあり、それから三日ほど会社に出ての業務、そして一週間後にはドイツのデュッセルドルフへと旅立たなければならない。

今回は企業の研修旅行のアテンドだから、二十人近い人数のツアーになる。観光とはまた違う内容の仕事だ。

秋には高校の修学旅行でオーストラリアにも行く。去年もやったけれど、想像を絶するくらい大変で、でも楽しい仕事だった。何人かの高校生からは、今でもときどきメールが届く。

ホテルの机でパソコンを開いて、日本にメールを打ったり、帰ったら調べることをリストアップした。気がつけば、時間は五時半になっていた。

出発は六時半だから、支度をしなければならない。今日はメイクもまだしていない。

携帯が着信音を奏でた。すぐに電話に出る。

「はい、白岩です」

この携帯は業務用だから、親や友達から電話がかかってくることはない。

「あの……白岩……さん？」

言いにくそうな声で名前を呼ばれた。声ですぐにわかった。健だった。

わたしは深呼吸した。わかっているけれど、わざと尋ね返した。

「そうですけど、どちら様ですか？」

「ああ、すみません。井上です……。健です」

どんなふうにわたしと話していいのかわからないような口調だった。わたしは苦笑する。二年間も名前で呼び合っていたし、敬語なんて使ったことなかった。

「どうなさいましたか？」

「連れが……ホテルに帰ってこないんです」

一瞬、息を呑んだ。だがこちらが焦るわけにはいかない。

「奥さんですよね。井上さん、今どちらにいらっしゃいますか？」

「ホテルの部屋で、彼女を待ってます」

「奥さん、携帯電話は持ってらっしゃいますよね」

「持ってるけど、バッテリーがなくなってしまったようで、かけても繋がらないんです。昨夜、帰ってくるのが遅かったたし、ぼくの携帯を充電しているうちにふたりとも寝てしまって、彼女の携帯は充電できなかったんです」

わたしは心の中で舌打ちした。これは最近増えてきたトラブルだ。このホテルは建物が古いから、自由に使えるコンセントがひとつしかない。テレビやテーブルライトのコンセントを抜けばそれも使えるが、そこまでするのが面倒だという人も多い。

昔の携帯電話なら、一晩くらい充電しなくてもなんとかなったが、スマートフォンはそういうわけにはいかない。

「とりあえず、会ってご相談しましょう。十分後にロビーにきていただけますか？」

「あ、はい……」

健と会うのが気まずいという思いは消えていた。それどころではない。

ノーメイクのまま、ガイドの村崎さんに電話をかけた。事情を話して、もし真美子さんが帰ってこないときは、彼女に参加者をムーラン・ルージュまで送ってもらうことにした。

帰りは十一時を過ぎるから、さすがにわたしが迎えに行けるだろう。

眉を描き、口紅だけを塗ってロビーに下りる。健は不安そうな顔でソファに座っていた。

わたしの顔を見て、ほっとしたように笑顔になり、またすぐにちょっと困った顔になった。わたしは彼の向かいに腰を下ろした。

「奥さんとはどこではぐれました？」

「ギャラリー・ラファイエットの寝具売り場です」

遠方で迷子になったのではない。ホテルに歩いて帰れるほど近い。

だが近いのに帰ってこないのは、逆に心配でもある。事件に巻き込まれたのかもしれない。

「何時頃ですか？」

「二時半くらいに、はぐれてしまって、それから一時間くらい探したんですけど、もしかしたらホテルに帰ったかもしれないと思って、帰ってきたんです。でも全然帰ってないし……方向音痴なので心配なんです」

わたしは唸《うな》った。迷子になってから三時間。すぐにホテルに帰ったら、いくら方向音痴でも、そんなに時間がかかるはずはないが、場所はパリ最大のデパートである。三時間くらいすぐに経ってしまう。

わたしは立ち上がった。

「ともかく、井上さんは部屋で奥さんを待っててください。わたしはギャラリー・ラファイエットに行って、館内放送をしてもらいます」

彼は、あわてたように中腰になった。

「でも、彼女、英語もフランス語もわかりませんよ」

わたしはにっこりと微笑んだ。もちろん業務用の笑顔だ。

「大丈夫。日本語でも放送してもらえます」


館内放送をしてもらい、二十分ほど待ったが、真美子さんは現れなかった。

健に電話をしたが、まだ帰ってきていないという。

時間は六時半を過ぎた。ムーラン・ルージュ行きのバスはもう出発したかもしれない。

警察に届けを出すのはまだ早い気がする。もう少ししたら、ひょっこり帰ってきそうな気もする。大事《おおごと》にはしたくないが、なにかあってからでは遅い。

わたしはギャラリー・ラファイエットの日本語カウンターでしばらく考え込んだ。

もう一度、健に電話をかける。

「奥さん、方向音痴だって言ってましたよね。迷子になったら動き回るタイプですか？」

「え……、いや。自分で方向音痴の自覚があるから、ぼくと一緒のときは同じ場所で待ってることが多かったですけど……」

だが、ギャラリー・ラファイエットにはもういない。館内放送を意図的に無視しているのでなければ。

ふいに、ある考えが浮かんだ。日本語カウンターの係の人に礼を言って、デパートを飛び出す。

ギャラリー・ラファイエットの並びには、もうひとつデパートがある。プランタンだ。ギャラリー・ラファイエットもプランタンもいくつかの建物に分かれているから、はじめての人には区別がつきにくい。

プランタンに入り、念のために英語での館内放送を頼んだ。それを待つ間、メゾン館の寝具売り場へとエスカレーターを駆け上がる。

フロアはそれほど広くない。わたしはあたりを見回した。日本人らしき姿はどこにもなかった。

なぜか自然に身体が上に向かっていた。エスカレーターに乗り、上の階へ。最上階の可愛らしい雑貨のコーナーを通り抜け、屋上に出た。

屋上のカフェは、この時間も混んでいた。金髪や茶色の髪の中、わたしの目はまっすぐな黒い髪を探していた。

いちばん奥の席に彼女はぽつりと座っていた。思わず駆け寄るわたしを、彼女の目が捉えた。

驚きと、なにより安堵《あんど》の感情が詰まった顔で、彼女はわたしに笑いかけた。


健に電話で報告をしたあと、わたしは真美子さんと向き合った。

「よかったです。本当になにもなくて」

そう言うと、真美子さんはじっとわたしを見た。

「小梅さんって珍しい名前ですよね。可愛いし、一度聞いたら忘れない」

どきりとする。

「どこかで聞いたことあります？」

「彼のモトカノの名前なんです」

一瞬、しらを切ろうかと思った。だが、わたしが彼女なら嘘《うそ》をつかれたらよけいに腹が立つ。わたしは肩をすくめた。

「あたり、です」

「やっぱり……」

彼女はふうっとためいきをついた。

「でも別れてから一回も会ってないし、今回ツアコンをすることになったのも偶然だし、わたしにはもうちゃんと彼氏がいるし、彼のことはなんとも思ってないです。本当」

わたしはまくし立てるように言った。彼氏がいると言ったのは嘘だけど、これは悪い嘘ではないと思う。

真美子さんはこくんと頷いた。

「もし、まだ続いてたら、こんな形で会うはずはないですよね」

そう言われればそうだ。この偶然こそが、わたしと彼が今ではなんの関係もないという証拠だ。

「正直に話してくれたらいいのに、嘘つくからなんか腹が立っちゃって……昨日ちょっと喧嘩しました。別にだからわざと迷子になったわけじゃないですけど」

「でも、嘘をついたのは真美子さんを傷つけないためだと思います」

真美子さんは大きく息を吐いて、テーブルに突っ伏した。

「どうしました?」

「小梅さん、大人だな、と思って。わたし、全然ダメ。そんなふうに考えられなかった」

「大人じゃないですよ。わたしだって自分の彼氏のことだったらそうなっちゃうかも」

真美子さんはちらりとわたしを見た。

「だって、小梅さん、スリムだし、英語だってぺらぺらだし、なんかコンプレックス感じちゃって……」

わたしは苦笑した。自分が彼女を慰めていることが、なんだか奇妙に思えて仕方ない。

「でも、彼は真美子さんが好きですよ」

そう言ってわたしは椅子から立ち上がった。

「さ、行きましょう。ディナーは無理だけど、まだショーには間に合いますよ」


帰りの飛行機は、珍しく空席が多かった。わたしは空港カウンターのフランス美女と交渉の結果、後方の四列並びの席を一列、二名で取ることに成功した。

その切符を高木夫妻に渡す。

「高木さん、圧迫感があるのお嫌いみたいでしたから、お隣空いている席をお願いしました」

もちろんいつもできることではない。たまたまうまくいっただけだ。

高木夫妻は驚いたような顔で目を見合わせた。

搭乗手続きと出国手続きをすませて、免税店で買い物をする参加者を、ベンチに座って眺めていると、高木さんのご主人がこちらに向かって歩いてきた。軽く会釈をすると、彼はわたしの横に座った。

「先ほどはありがとうございます。助かりました」

「いえいえ、喜んでいただけたらうれしいです」

彼は前を向いたまま言った。

「実は、妻はパニック障害でずっと休養してたんです。人混みもあんまり得意ではないんですけど、狭い場所が苦手で……かなりよくなってきて、今では買い物や旅行もできるようになったんですけど。それでも、環境が変わると……」

わたしは驚いて彼を見た。

「あらかじめ言ってくださったら、もっといろいろお手伝いができたのに……」

「やはり、妻が嫌がるんですよ。知らない人に話したくないと」

その気持ちはわからなくもない。

奥さんは、相変わらず高いウエッジソールのヒールを履いて、免税店でスカーフを見ている。

彼はその奥さんを愛《いと》おしそうに眺めて言った。

「それでも、よかったです。無理をしてでも旅行にきて」

彼のそのことばを聞いたとき、急に泣きたくなった。

彼は気づいているだろうか。たぶん、この一言が、この先もわたしの支えになる。

楽しかった。きてよかった。そんなことばがわたしの頭の中にいつまでも鳴り響く。

「また、ツアーに参加してくださいね。今度はもっと満足していただけるように頑張りますから」

そう言うと、彼は笑顔で頷いた。

編集後記

大矢博子
（書評家）

女性が仕事を持つということが、ごく当たり前の時代になりました。

男には負けないぞと肩に力を入れてやみくもにがんばるのではなく、ごく自然にしなやかに、いろんな分野のいろんな職場で、「女性らしく」ではなく「自分らしく」能力を発揮できる時代になりました。幸せなことです。

――とは、言うものの。

やっぱり、疲れることもある。

好きで選んだ仕事だけど、好きで入った会社だけど、やっぱり疲れることもある。

嫌なこともあるし、思うようにいかないことなんてしょっちゅうだし、誤解されちゃったり、認めてもらえなかったり、プライベートがなくなっちゃったり。

他人をひがんだりねたんだりして、でもそんな自分も嫌で、自信なくして。

もう休んじゃおうかなって思うこともある。誰だって、あります。

そんなときに読んで欲しい本を作りました。

がんばるあなたへ、応援のアンソロジーです。


本書では、六人の人気作家が異なる職業を持つ女性たちを描いています。

大崎梢さんは、漫画の注文が来なくなった漫画家を。

平山瑞穂さんは、受講生から妙に懐かれてしまった通信講座の講師を。

青井夏海さんは、閉館の危機に瀕したプラネタリウム解説員を。

小路幸也さんは、過去の栄光が忘れられないディスプレイデザイナーを。

碧野圭さんは、意に染まない仕事を発注されたスポーツ・ライターを。

そして近藤史恵さんは、元カレの新婚旅行に添乗するツアー・コンダクターを。

彼女たちは、それぞれの職業ならではの問題や事件や悩みに出会います。それにどう向かい合い、どう折り合いをつけ、何を見つけるか。職業は違っても、ここにいるのは、あなたです。

また、普段は「客」として接してる職業の裏側を知る楽しさもたっぷり。ご参加くださった作家の皆さんはこれまでも、出版界を舞台にした作品や助産師のシリーズ、キュートな清掃員やリアルな書店員、個性的なOLやカフェ併設古本屋など（さて、どれが誰の作品でしょう？）いろいろな女性の物語を書いている方ばかりです。本書で新たな「働くヒロイン」を生み出してくださいました。

ヒロインへの共感だけでなく、「漫画家の収入の仕組みってこんななの？」「ツアコンってそんなことにまで気を使うの？」「通信講座って在宅で○×つけるだけじゃないの？」という、知らなかった業界のあれこれに驚いていただけると思います。

いろんな人が、いろんな仕事をしています。

本書に出てくるヒロインたちの仕事は、まわりまわってあなたに届いています。さっきまで読んでた漫画雑誌も、おやつに買ったお菓子の紙箱も、それを作った誰かがいる。それを仕事にしてる誰かがいるから、あなたのもとに届いてる。

それは、あなたの仕事も見知らぬ誰かに届いている、ということでもあるのです。


仕事からへろへろになって帰宅して、パンスト脱いでメイク落として一息ついて、寝るまではまだちょっと時間がある……そんなとき、とっておきのお茶（お酒でも可！）と上等のチョコレートを1粒用意して、ページをめくってみてください。

もしくは、ベッドに入って、眠くなるまでの間に一編ずつ読んでみてください。

「うん、働くってたいへんだし嫌なこともいっぱいあるけど、でもまあ、とりあえず、また明日から元気出していこうかな」

読み終わったとき、そう思っていただけたらいいな、と願っています。

仕事にがんばる女性たちのためのアンソロジー『エール！』は、今後もシリーズとして、多くの作家さんにご参加いただいての刊行を予定しています。次巻では、また本書とは違ったいろんな職業のヒロインが登場予定ですので、どうぞお楽しみに。

ではその日まで――疲れてる人も、張り切ってる人も、忙しい人も、そうでない人も、そしてこれから社会に出る人も。

今日も元気で、行ってらっしゃい！

実業之日本社文庫 ん11

エール！1

2012年10月15日　初版第一刷発行

著　者　大崎《おおさき》　梢《こずえ》　平山瑞穂《ひらやまみずほ》　青井夏海《あおいなつみ》
小路幸也《しょうじゆきや》　碧野《あおの》　圭《けい》　近藤史恵《こんどうふみえ》

発行者　村山秀夫
発行所　株式会社実業之日本社
〒104-8233　東京都中央区京橋 3-7-5 京橋スクエア
電話 [編集]03(3562)2051 [販売]03(3535)4441
ホームページ http://www.j-n.co.jp/
印刷所　大日本印刷株式会社
製本所　大日本印刷株式会社

フォーマットデザイン　鈴木正道（Suzuki Design）

ISBN978-4-408-55098-5（文芸）